中國書畫基本叢書

頻羅庵題跋
快雨堂題跋

〔清〕梁同書 撰
〔清〕王文治 撰
李松朋 點校

上海書畫出版社

中國書畫基本叢書編輯委員會

總序

王立翔

藝術伴隨着人類文明的發生發展而源遠流長，這其中，散落在華夏大地上的中國藝術瑰寶，成爲了世界文明源頭的重要標志。而與其他文明古國相比，中國藝術（主要指書畫藝術）與文獻的淵源特别綿長悠久。唐張彦遠《歷代名畫記》云：『書畫同體而未分，象制肇創而猶略，無以傳其意，故有書；無以見其形，故有畫。』他不僅追溯了華夏文明文字與繪畫的源頭，同時揭示了中國人對這两者功能及其互補特性的認識。中國的書畫藝術及其與文獻的特殊關係，便是在這樣一種淵源之下生長起來。這一傳統綿延有二千餘年，使得中國的書畫文獻成爲了世界文化的一筆豐厚財富。

因着中國人的特有禀賦和山川養育，中國的書畫藝術形成了獨立世界藝術之林的表現方式，承載着中國人的主觀與情感，寄托了他們看待人生、理解世界的思索，而這些形式和内涵也早早地以文字的方式，匯入在中國各類文獻之中，并伴隨着書畫藝術發展的不同時期而形成由分散而漸獨立，由片言殘簡而卷帙浩繁的奇觀，更爲重要的是，在記録與闡釋中國書畫藝術的進程中，逐漸形成了諸多中國書畫文獻的特質，并與圖像遺存一起，成爲認識中國古代書畫藝術狀貌，觀照中國書畫發展史，揭示中國藝術精神不可或缺的重要憑據。

中國書畫文獻的構成，是以書畫藝術爲對象，以文字方式進行記録、觀照和研究的歷史文獻。現今存留的早期文獻，散見在先秦諸子之言中。作爲中國思想文化的萌發時期，中國諸多的藝術觀念源頭也發軔於斯。其中以孔子的『明鏡察形』之説和莊子『解衣般礴』之説爲最重要的代表，分别借藝術創作述儒家、老莊的人生哲思，雖重點不在藝術，但都切中藝術功能的本質，這形成了後世藝術創作『外化』和『内求』两種功用和理論的分野。中國藝術在其早期即與中國的學術思想聯動，這種特性與中國書畫的筆墨呈現方式相結合，形成了中國文人在藝術創作和理論上的深度契入。繪畫在宋元以後形成了重要一脉，書法則因文字的關聯，更是早早成爲主角，在魏晋時期主導藝術達到巔峰。同時，文士的契入，更是在書畫文獻的發育和積累中擅其所長，發揮了巨大作用。如漢魏六朝時期，湧現出一批文學色彩濃厚的書法文獻，如漢末崔瑗《草書勢》、西晋衛恒《四體書勢》、索靖《草書勢》、南朝齊王僧虔《書賦》等等，竭盡描述書法美感之能事，深深影響了當時和後世的書法創作。現存最早的完整繪畫文獻是南朝謝赫的《古畫品録》，這部著作不僅提出了系統的繪畫六法，還以獨特的方式涉及了畫品和畫史，影響深遠。在此之後，歷經後世各朝，文人和畫家，或兼有雙重身份者，分别從其特長出發，更多地投身到書畫文獻的著述中，書畫文獻著作數量逐漸宏富，内容更爲廣闊，闡述愈加精微，并建構起論述、技法、史傳、品評、著録、題跋等多樣體式，形成了中國獨有的書畫文獻體系。

除專著、叢輯、類編等編撰形式之外，更有大量與書畫藝術相關的文字，散落在别集、筆記、史傳等書中，成爲我國彌足珍貴的藝術文獻遺産。

前後二千餘年的累積，雖因年代久長，迭經變遷，尤其是早期的書畫文獻散佚甚多，但留傳下來的數量仍稱浩繁。古人以上述諸種的撰著體式，將書畫藝術所涉及的研究對象均包羅在内，毫無疑問成爲後人理解和借鑒的重要寶藏。除了其他文獻都具備的史料特性外，我們還可以認識到中國書畫文獻許多重要特質。

前述孔子與莊子對繪畫功能的重要論述，實是中國藝術思想和精神的發軔源頭。先秦時期，『畫繢之事』雖爲百工之一，但其社會地位仍然低下。孔子從統治秩序和人生哲思層面將繪畫的社會功用作了理想闡述，這一思想通過文獻流播當時和後世，爲歷代帝王和士大夫所接受，認爲繪畫可以『成教化，助人倫，窮神變，測幽微』，『有國之鴻寶，理亂之綱紀』，可與『六籍同功，四時并運』（《歷代名畫記》）。這大大提升了藝術的社會地位，成了藝術功能社會化的發端。也正是這一認識，解釋了中國歷史上文人士大夫乃至帝王熱衷於書畫創作和鑒賞的原因。

相對社會功用的『外化』，孔子還提出了藝術『内省』的『繪事後素』一説，揭示了繪畫『怡悦性情』的内在本質，引導出影響中國藝術的一項重要審美標準『雅正』。同樣，孔子的這一觀念，也淵源於其内省修身的理論，『依仁遊藝』是儒家思想的歸屬（藝原謂六藝，但其中也包含與藝術相關的内容），并由此引申出『君子比德』的『品格』之説。同樣是觀照藝術本體，與孔子的中庸思想不同，莊子的『解衣盤礴』以不拘形迹的方式探求藝術家内心的真率，更容易被藝術家所接受。

這两種觀念的不斷深化和融合，逐漸構成了中國藝術精神博大精深的内核，而這種深化和融合的諸種軌迹，隨着後世政治宗教倫理學術思想的豐富而曲盡變化，行諸文字，則大量反映在後世的書畫文獻之中。而後世的書畫文獻基本依存其自身發展的需求，在更寬廣的領域對書畫藝術的成果、現象、技術、規律、歷史、品鑒等等内容進行記録和研究，産生了浩瀚的文獻，成爲今天極其豐厚的文化遺産。

在二千多年的累積過程中，中國的書畫文獻雖然數量龐大，但仍有一定的系統性，許多文獻因具有開創性和典範性而具有經典意義。如南齊謝赫《古畫品録》，唐孫過庭《書譜》、朱景玄《唐朝名畫録》，宋郭熙《林泉高致》、郭若虚《圖畫見聞志》、黄休復《益州名畫録》、米芾《海嶽名言》，明董其昌《畫禪室隨筆》、清石濤《畫語録》等等。最爲著名的當屬唐張彦遠的《歷代名畫記》。這部完成於唐大中元年（八四七）的繪畫史專著，被人譽爲畫史中的《史記》，是我國第一部美術通史著作。它以中國傳統學術史、論結合的方式，開創了繪畫通史的體例，對繪畫的社會功用、自身規律、畫家個人修養和内心精神探索等重要問題發表了客觀而積極的見解；在保存前代繪畫史料和鑒藏資訊方面，尤其功績卓著。《歷代名畫記》之所以對後世具有經典意義，張彥遠對文獻的搜羅及研究之功至爲重要。

經典文獻毫無疑問具有重要的學術價值，因此對後世而言具有引領性和再研究價值，甚至在體式上也具有示範性。在書畫文獻的歷史上，這種特徵最明顯，并形成了傳統。南齊謝赫《古畫品録》之後，有陳姚最《續畫品》、唐李嗣真《續畫品録》；唐張懷瓘撰《書斷》之後，有朱長文《續書斷》；孫過庭著《書譜》後，姜夔作《續書譜》。有的後來居上，聲譽蓋過前著，如元人陶宗儀以《書史會要》接續南宋陳思《書小史》和董史《書録》；也有雙峰并峙、相互輝映者，如康有爲《廣藝舟雙楫》與前著包世臣《藝舟雙楫》。當然，傳統的承續性和內容的再研究，并不完全僅僅體現在書名上，更多的是在體式上和內涵中。

與其他類型文獻的歷史過程一樣，書畫文獻這一豐厚的文化遺産，也是經歷了漫長的歷史年輪，有着自身的成長軌迹。書畫藝術雖然與中國美術的淵源極爲悠久，但因其與載體（紙帛、金石、簡牘等材料）有不可分割的關聯，書畫文獻無疑也以其記述之對象的内涵和外延爲範圍。漢魏兩晋時期被視爲書畫文獻的發端期，東漢崔瑗的《草書勢》、趙壹《非草書》等文被視爲現存最早的書法專論。這個時期的書畫文獻因散佚而遺存十分有限，一些重要名家的文字，多被後人推斷爲後世托名之作，若王羲之的《題衛夫人筆陣圖後》等。比較可靠的文獻，多有賴於他人的引録。

六朝隋唐則是書畫文獻的成熟期。這時的書畫創作和批評鑒賞已蔚然成風，一些美學觀念和研究方式得以建立，對書畫藝術的認識進入到一個更加系統的階段，出現了謝赫《古畫品録》、張彦遠《歷代名畫記》、孫過庭《書譜》這樣彪炳後世的著作。

宋元進入深化期，帝王士大夫深度介入書畫藝術，創作和理論研究相得益彰，書畫藝術更多地融匯在上層階級的政治文化生活中，書畫文獻數量進一步擴大，顯示出深化發展的特徵。

明代是書畫文獻的繁盛期，主要原因一是商品經濟進一步發展，市民階層興起，社會思想活躍，藝術上分宗立派，鑒藏風氣大盛，書畫藝術呈現出嶄新的需求；二是刻書業的發達，文人和畫士看重傳播效應，著述熱情高漲。這些都使得明代的書畫文獻數量和體量均超越了前代。

清代可稱承續期，書畫文獻的數量進一步增加，作者身份和著述目的亦更加多樣複雜，書畫文獻的門類在進一步完備的同時，也延續了明人因襲蕪雜之風。樸學、碑學的興起，則大大刺激了金石書畫論述的開展，皇宫著録規模更是達到了巔峰。對書畫研究和著録的熱衷，并未因清王朝覆滅而停滯，而是繼續綿延至民國。

受現代西方藝術史學的影響，今人將圖像也視爲文獻的一種。這種觀點放置於中國書畫，確實也更有其合理性，因爲圖像兼具有可闡釋的諸種資訊，是可以用文字還原的；而在中國書畫中，文字之於作品的不可忽視的地位，也足以顯示圖像與文獻相映的多元關係。然而中國書畫文獻的體系是中國古代自身固有的，梳理中國歷代書畫文獻，還是主要依靠中國的傳統學術，從其自身的系統中去觀照進行。因此，我們今天討論的中國書畫文獻，仍然是以文字形態存在的典籍爲主。而事實上，中國書畫著述的傳統，向來是超越作品本體，更注重揭示其豐富的内涵和外延，這正是中國書畫文獻特別重要的價值所在。

書畫典籍作爲書畫藝術研究具有核心作用的材料，是我們解決書畫藝術本體問題和歷史現象可靠性的基本依據。因此，書畫文獻的專門化梳理，是我們繼承和用好這筆豐厚遺産的前提。但在古代學術分類中，書畫典籍的專門化則有一個過程。在《隋書·經籍志》之前，史志均未專設與書畫有關的門類，與藝術有關的樂（樂舞）、書（小學）作爲儒家經典的附庸，被安排在六藝（或經部）之中。但彼時藝術（書畫）的自覺尚未發端，典籍亦不够豐富，故難有獨立之目。《新唐書·藝文志》始有『雜藝術類』，僅録張彦遠《歷代名畫記》等書畫之屬典籍十一種。直至清《四庫全書》，書畫（另有篆刻）之屬被歸在子部藝術類中，這纔與今天書畫篆刻之藝的歸屬基本一致。但有些書法文獻則因與金石、文字有關，仍分散在經部、史部等類别中。

如同其他專門之學對於史料的需求一樣，歷代書畫文獻之於今天中國藝術學科研究的重要作用是不言而喻的。不過以中國歷史研究爲參照，書畫文獻的史料價值至今遠未得到有效利用，這在某種程度上與書畫文獻的整理不够有關。歷史研究有三段説，即史料之搜集、史料之考證解讀、史料之運用，史料須從浩瀚的歷史文獻中鈎稽而出，同時又在研究、運用過程中被更深度發掘。因此，對書畫文獻進行『整理』、『研究』和『整理之研究』，是一項大有可爲的工作，對治書畫史和藝術史來説尤爲重要。

中國古籍卷帙可謂汗牛充棟，歷代書畫文獻也堪稱浩繁。由於學界研究和新一代書畫讀者的閲讀需要，從歷代文獻裏梳理出更多的重要書畫典籍，并以適宜現代讀者正確閲讀理解爲指向地加以整理研究，是今天出版人所應做的工作之一。上海書畫出版社向以中國藝術文獻的整理出版爲己任，《中國書畫基本叢書》就是在認真梳理歷代書畫文獻的基礎上，借鑒業已積累的經驗，充分發揮本社的專業優勢，有效組織各種資源，借助當下之技術條件，决心出版的一套主旨明確、内容系統、版本精良、整理完備、檢索便捷、切合時代、適合讀者的大型歷代書畫典籍叢書。叢書之『基本』寓意，一是以傳統目録學方式觀照歷代書畫文獻，選取史有公論、流傳有緒、研究必備的書畫典籍，以有助讀者『辨章學術，考鏡源流』。二是指整理出版的範圍，確定爲流傳、著録有序之歷代書畫典籍。今廣義之文獻，多含散見於其他文獻中的書畫資料，包括未見諸已編集著作中的詩文唱和、往來書翰，以及留存於書畫作品之上未經集録的相關題跋等等，此類文獻的搜輯整理出版，尚有待於將來。三是以當今標準的古籍整理方式爲基本要求，充分吸取已有之研究成果，達到規範的文獻整理出版要求。

需要指出的是，治中國傳統之學的一大特徵，是融文史哲於一爐，治書畫藝術之學，既要結合書畫藝術之本真，又當置身於中國國學之中，這是土壤，這是血脈。因此，整理研究好書畫文獻，必須以傳統的版本校勘之學爲手段，以深厚的中國歷史文化爲基礎，做更多具體而微的工作。

願所有參與本叢書整理研究編輯出版工作的同道們，能爲傳承和弘揚這份優秀的遺産作出應有的貢獻！

總目

前言

本書收録清人論藝雜著、題跋四種，分别是梁同書《頻羅庵題跋》、《頻羅庵論書》和王文治《快雨堂題跋》、《論書絶句三十首》。

《頻羅庵題跋》及《頻羅庵論書》，清梁同書撰。《頻羅庵題跋》四卷，題跋内容繁雜，大致按題跋對象的時代先後及題跋的時間先後安排卷次。《頻羅庵論書》輯録梁同書與張燕昌（芑堂）、孔繼涑（谷園）、陳銑（蓮汀）、温純（一齋）四人論書手札，集爲四篇。《快雨堂題跋》八卷及《論書絶句三十首》，清王文治撰。《快雨堂題跋》整體以時代先後爲序，卷一至卷六爲書法題跋，卷七至卷八爲繪畫題跋。《論書絶句三十首》主要針對書法史上的名作、名家以絶句的形式表達作者的見解，每首獨立，無標題。

梁同書及其頻羅庵題跋頻羅庵論書

梁同書（一七二三—一八一五），字元穎，號山舟，晚號不翁、石翁，九十以後號新吾長翁，錢塘（今浙江杭州）人。清代大學士梁詩正之子。嘗得元代貫雲石書『山舟』兩大字，遂以爲自號，并額其書齋，時人因稱其爲『山舟先生』。梁同書天生穎異過人，端厚穩重。乾隆十二年（一七四七）中舉人，乾隆十七年（一七五二）特賜進士出身，改庶吉士，散館授翰林院編修。後任順天鄉試、會試同考官，翰林院侍講，署日講官起居注。因疾不復出。晚年重宴鹿鳴，又賜加翰林院侍講學士銜。著有《頻羅庵論書》、《頻羅庵題跋》、《直語補證》、《日貫齋塗説》、《筆史》等，基本都被收入《頻羅庵遺集》。《清史稿》及清許宗彦《鑒止水齋集》有傳。

嘉慶二十二年七月，陸貞一刻本《頻羅庵遺集》印行，内容包括詩三卷、《集杜》二卷、文四卷、題跋四卷、《直語補證》一卷、《日貫齋塗説》一卷、《筆史》一卷，共十六卷。此本今收入《續修四庫全書》與《清代詩文集彙編》，頗便檢閱。《頻羅庵遺集》卷九『論書』部分曾以《頻羅庵論書》爲題刊行，有光緒十四年《榆園叢刻》本，以及其後據《榆園叢刻》本的《叢書集成新編》本。民國間，黄賓虹、鄧實編《美術叢書》（江蘇古籍出版社，一九八六年影印本）始將《頻羅庵遺集》中的『論書』『題跋』兩部分分别以《頻羅庵論書》和《頻羅庵書畫跋》爲題收入。

梁同書是清代著名的書法家、鑒藏家。其好書出自天性，十二歲能爲擘窠大字，初法顔、柳，中年用米法，七十後乃變化。晚年純任自然，冠絶時流。詩多雅意，文亦清峭，皆爲書名所掩。與安徽亳州（今徽縣）梁巘、會稽（今浙江紹興）梁國治并稱『三梁』；與劉墉、王文治并稱『劉梁王』；與劉墉、王文治、翁方綱并稱『四大家』，在當時影響頗大。

梁同書論書及題跋，多從其切身實踐得來，具有自己的獨到見解。作爲當時的帖學名家，他不迷信帖學，能够指出帖學不足，并對碑刻表現出極大的關注，藉此也可窺見當時書法風尚轉變的端倪。他提倡用長鋒軟毫，反對機械臨摹，主張『以自家性情，合古人神理』。其題跋内容幾乎無所不包，舉凡碑帖搨本、書畫手跡、古籍珍本、逸聞掌故、交游史實、佛典因緣、四方故物、史志考證、名人手稿、碑版異字等皆包含其中，足資參考。也正因爲此，《頻羅庵題跋》稍顯雜亂，不便翻檢。但爲避免畫蛇添足，今一仍其舊。

王文治及其快雨堂題跋

王文治（一七三〇—一八〇二），字禹卿，號夢樓，江蘇丹徒（今江蘇省鎮江市）人。乾隆二十四年（一七五九）中舉人，乾隆二十五年（一七六〇）中進士，以一甲第三名授翰林院編修，後擢侍讀。乾隆二十九年（一七六四）任雲南臨安知府。乾隆三十二年（一七六七），以屬吏事鐫級去任。遂不復出。以詩書名世，長於書畫鑒定，喜聲伎、善度曲，耽心禪悦，著有《夢樓詩集》二十四卷、《快雨堂題跋》、《論書絶句三十首》等，書跡流傳頗多。

嘉慶七年（一八〇二）王文治卒。二十多年後，友人汪穀之子汪承誼從所存王文治手稿二十册中整理出《快雨堂題跋》八卷，於道光十一年（一八三一）在蘇州付之欹劂，此爲《快雨堂題跋》之首次刊刻。以此爲底本的還有國家圖書館所藏清末南陵徐乃昌積學齋藍絲欄抄本，和民國初廣智書局校印本。此後，又有今人據以整理的《中國書畫全書》本（上海書畫出版社，盧輔聖主編，修訂本，第十五册，二〇〇九）、《王文治詩文集》本（劉奕點校，人民文學出版社，二〇一四）等。《論書絶句三十首》則有清代震鈞《國朝書人輯略》光緒三十四年刻本。

王文治精書通畫，特别是其書法，早年學過趙孟頫、笪重光，於晋唐諸帖特别是閣帖用工頗深；後尚禪修，又對董其昌書法及書學思想身體力行；之後又摻以米芾、張即之筆意，形成了秀潤雅健、平淡天真的書法風格。王文治是乾嘉時期具有重要影響的書法家，是當時帖派的代表書家，其書法不僅在當時國内廣受推崇，并在域外形成了不小的影響。與劉墉并稱爲『濃墨宰相、淡墨探花』；與劉墉、梁同書、翁方綱并稱『四大家』。

王文治《快雨堂題跋》集中體現了王文治的藝術思想和對書畫的獨到見解。其論書仰崇王羲之，對帖學源流及搨本鑒别獨有會心；對後世書家，最服膺董其昌，論書尚淡，主張以禪論書、以禪入書；於書畫鑒定，提倡『眼照』『懸判』，反對考據細枝末節。其論畫主張從書法悟入，貴在品韻，妙在有『士氣』。《快雨堂題跋》是汪承誼以其所收藏的王文治二十册手稿爲基礎，并結合王文治其他題跋手跡整理的結果。稿本只是一個基本的述説模式，正式題跋的時候很有可能會有所不同，而且『稿本涂乙過甚，字形往往不可識別』，再加上整理刻印時出於避免重複、内容統一、節省版面等現實考慮，就導致《快雨堂題跋》有幾個不盡人意之處：

（一）很少保存款識信息。書畫題跋基本都會有時間等款識信息，使整個題跋形成一個具體的歷史場域。没有款識，就不能準確理解題跋的具體語言環境，也就難以把握作者在不同歷史階段藝術思想的轉變和演化。

（二）與題跋手跡有出入。有的估計是抄寫訛誤，有的是編者有意進行的修飾，參見『唐人書律藏經真跡』條校勘記；還有的是因社會壓力而不得已進行的删改，參見『化度寺碑』條校勘記。

（三）同一名作不同搨本題跋不一致。或刻印時避免雷同，或限於條件，不能盡收，致使我們無從窺見作者對同一名作不同搨本的各種不同見解。參見正文『虞恭公碑』條校勘記。這種情況應該不少，有待更多手跡與文本的對校。

整理體例

《頻羅庵論書》及《頻羅庵題跋》皆出自《頻羅庵遺集》，前者載於卷九，後者載於卷十、十一、十二、十三。本次整理，以嘉慶二十二年七月陸貞一刻本《頻羅庵遺集（十六卷）》爲底本，參校以《榆園叢刻》本、《美術叢書》本。

《快雨堂題跋》之整理，以安徽圖書館藏道光十一年刊本爲底本，參校以國家圖書館藏清末南陵徐乃昌積學齋藍絲欄抄本與民國初廣智書局校印本。王文治題跋手跡存世者頗多，且多有時間信息，整理本亦據以校補。王文治《論書絶句》則以震鈞《國朝書人輯略》光緒三十四年刻本爲底本，進行整理。

在整理過程中，在不影響文意的情况下，異體字、俗體字以通行繁體字代替。底本有缺字的情况，用『□』代替。底本明顯有誤之處，皆在校記中説明，不改原文。清人避諱字如『玄』作『元』、『胤』作『允』、『曆』作『歷』等據文意徑改。

附録《梁同書傳記資料》兩種及《王文治傳記資料》六種，分别是：一、《清史稿·梁同書傳》，較爲簡略。二、清許宗彦《學士梁公家傳》。許宗彦爲梁同書侄女婿，『嘗得侍公言論』，所以能『因次夙所見聞于公者』。其家傳可以作爲我們進一步了解梁同書其人、其學的參考。三、《清史稿·王文治傳》。四、《清史列傳·王文治傳》。五、姚鼐《中憲大夫雲南臨安府知府丹徒王君墓誌銘并序》。六、萬廷蘭《王文治傳》。七、《光緒丹徒縣志·王文治傳》。八、李元度《王文治事略》。詳略不同，可相互參看。

在本書的整理過程中，在整理思路、版本選擇、整理體例、資料搜集等多方面得到了摯友西北大學趙陽陽兄的專業建議和無私幫助，他還在繁重的教學、科研之餘撥冗審讀了初稿，提出了修改意見。本書責任編輯雍琦兄自始至終給予我不少鼓勵和建議。在此謹并致謝忱！

另外，由於本人學識有限，整理過程中的不足及錯誤再所難免，懇請方家指正爲幸。

二〇一八年四月十二日李松朋記於重慶養正書屋

頻羅庵題跋

目録

頻羅庵題跋二

頻羅庵題跋三

頻羅庵題跋四

頻羅庵題跋補遺

頻羅庵論書

梁同書傳記資料

頻羅庵題跋一

跋趙獻甫之琛穎拓漢王稚子二石闕本

蜀中王稚子雙石闕舊本，久不可得。趙子獻甫取敗穎，用畫家直捽下擢之法，渲染出之，毫髪不爽。其神采焕發，居然與精拓莫辨。大奇！大奇！殆將與戴安道作鄭康成碑并流爲佳話耳。

書嚴衛郊藏定武本蘭亭册後

香光居士云：『《蘭亭》最重行間章法。予臨書乃與原本有異，知爲聚訟家所訶。然陶九成載《禊帖考》尚有以草體當之者，政不必規規相襲。今人去古日遠，豈在行款乎？』予特愛其語，然則世之學《蘭亭》面者，固未嘗於行間章法有毫釐謬也。知此，可以學《蘭亭》，并可以學他書。嚴君衛郊以定武本裝作袖珍册子見示，有移接之法，無割裂之弊。遂録於册尾。

跋段若膺玉裁所藏舊搨蘭亭

《禊帖》自河南後，臨者不下數百家。大率各出機杼，不爲定武所縛，然意趣勝而鋒穎露矣。此本用筆不規規《蘭亭》，而面目遒古渾樸，得未曾有，其爲唐摹宋拓無疑。得此，則世傳定武本若土龍木偶者，舉可廢也。

跋蔣秋吟詩藏廟堂碑舊拓本後

《廟堂碑》無原刻，蓋貞觀間已燬於火也，亦無足本。山谷所謂唯榮〔一〕輯子雍家一本未斷闕，餘張福夷、蔡致君皆以摹本補綴云云也。秋吟藏此本，真舊拓，不可多得。惜前後脱落顛倒處多，安得康熙内府重摹墨跡全文本，校勘而編次之，斯爲快事耳。秋吟不日入京，當留意焉，或不難一遇諸賞鑒家也。

校勘記

〔一〕榮：原作『祟』，據黄庭堅《山谷集》。

校補舊拓廟堂碑全文跋

永興廟堂碑原刻，據前人跋，貞觀間已隨廟火燬。世所傳皆翻刻：一在西安，一在曲阜，一在城武，一在饒州之錦江書院。曲阜、錦江世鮮搨本，城武刻法微弱，惟西安本盛行，即宋王彦超重刻者。然此刻全本在山谷時已不可多得。所謂惟榮〔一〕輯子雍家一本未斷闕，餘張福夷、蔡致君皆以摹本補綴也。是本爲王氏舊藏，殘缺較少。予曾見康熙二十九年庚午夏内府重摹墨跡全文，因以城武本校補六十八字。内府本廟堂之碑上有『孔子』二字，復從舊搨西本中翦取二字補之。碑中『及金册』句以及『爲反垂範百王』中脱於字，昔人已論其翻刻草率，不敢增易，以仍舊觀。《金薤琳琅》載，闕字百六十有九。王良常以城武本參校，尚闕四字。今首尾居然完好，亦一快事。又按，内府本係墨跡入石，無相王旦書額一條，今仍彦超本之舊存之，裝成爲記其緣起。

校勘記

〔一〕榮：原作『崇』，據黄庭堅《山谷集》。

書佛頂尊勝陀羅尼經石幢揭本後

永徽元年八月，弟子褚遂良書。維唐咸通四年歲在癸未八月辛酉朔廿一日辛巳建立，鎸字湯惟晟。

陀羅尼石幢所在皆有，多不著作書人姓名，此陀羅經自應與石幢衹書經呪者有別。但河南筆法尚勁利，細看帖内，似是而非，又兼用別體數字。唐大家不應如是，疑仿爲之。故當時不甚著名，至二百年後始出耳。然而古矣，可以備唐人一種書也。

思古齋黄庭經石刻跋

董思翁云，《黄庭經》以『思古齋刻』爲第一，乃褚臨也。《淳熙續帖》亦有之，余見淳熙舊拓末有『臣遂良臨』四字，知思翁非出臆斷。惟以兩本參校，續帖『杖可扶』此作『不可杖』，續帖『玄』字皆缺末筆，此獨否。其點畫波磔亦不盡同，《筠廊偶筆》載，嘉靖間石出潁上古井，前有『思古齋石刻』五篆字，下有『唐臨絹本』四楷字。按，唐以諸臣臨本頒賜天下學宫，則此本原不必定出褚臨。或如子敬好書《洛神賦》，人間合有數本耶？石爲流寇所碎，僅存殘缺廿二行。似此完善者，不可多得。寶繩姪其善藏之。

宋帖跋

往予於先叔祖深父先生齋頭，見舊拓《閣帖》，石本也。而上有銀鋌欟紋，相傳宋時賈相門客從賜本摹出，故仍棠梨之舊。至今卅餘年來，所見無逾此者。今春景高孫君偶於西吴舊家購得帖石若干枚，洗剔苔蘚，用好手椎搨一本示予，精采焕發，絶類宿覯。因訪覓前帖，檢勘一過，凡字迹波礫、石片剥蝕之處，無毫髮差，殆宋刻原石無疑，可寶也。惟失去鍾繇及謝萬書數百字，或謂宜補完之，予曰舊刻闕亦何病？况延津合浦，來自有期，寧不可俟之異日耶？

古塔殘經跋

予曾見王鍇所書殘經數片，楷法峻整，類歐褚字，稍大。每葉縱廣纔二寸許，紙亦緜厚，與此迥異。原籤題鍾王固非，籜石翁定爲王鍇，恐亦不確。大凡造塔，必寫經以鎮之。或出自它處壞塔中，非即琴泉寺物，未可知也。

王述菴昶所藏閣帖拓本跋

《閣帖》傳刻多矣，近世所行者，大率以肅府本爲最。然歲久漫滅，半由於氊椎之末善。此述菴司寇官陜皋時親至其地，命工湔刷而爬剔之，不惜工費，用佳紙墨摹拓數本，貽友人外自藏其一。其鋒穎垠堮具在，雖新拓，勝於舊者多矣。一日晤述菴於萬松書院，出以示予，遂識之如左。

余景山秀華 重刊吕祖九品僊經拔心寶懺跋

吕祖《九品僊經》三卷，《拔心寶懺》一卷，吾浙絶少流傳。仁和余君秀華以重貲購自山東濟寧來鶴觀，而知其原版漫漶殘缺，不可復印也，因爲重刊於浙，復介何君烺求跋於予。予觀吕祖諸書，非徒崇尚元機，每以性命之理、忠孝之旨教人，足與聖賢經傳相發明，而此書之垂訓尤爲深切。吕祖，儒者也。是經即作儒書讀亦可，則余君刊布之功豈淺鮮哉。

題温一齋純 唐貝泠該隸書碑釋文跋

右碑文義拙奥，隸法亦沉古，作者書者皆不甚知名，又海隅僻遠，無椎拓者，宜千年之物尚有存耳。然不遇深心好古如一齋者，又安能手搨數紙，詳考其始末，并釋文得十之七八，不可謂非是碑之幸。已而予以垂盡之年，得摩挲其漫滅之迹，而一一尋繹之，一齋之教我良多也。爰是跋其釋文之後，以志吾幸。

題温一齋所藏舊畫美人殘幅

唐以前畫者多圖人物，如歷代帝王、聖賢、列女，各繪半身，蓋以人數多，所重在圖形也。此卷大約取古來色藝并絶者類圖之，不止於此。或疑爲十美圖者，非也。《寶繪録》載南唐周文矩《十美圖》，前人跋語贊其樹石屋宇布置精妙，則非半身，且不必有指名可知。兹則一一約略可按，如玩玉環者疑太真，身戍削者疑飛燕，題團扇、題紅葉者疑宫人與班姬，惜其全卷零落，只賸此耳。中間尚有舊裝隔水綾，甚無謂，亦足見前後失去者政自不少。其衣紋面相，筆墨入古，斷非宋以後物。墨妙樓主人其寶之。

跋汪季懷瑜所藏宋搨戲魚堂殘帖

此即《臨江帖》也。劉中叟摹《閣帖》十卷，刻於臨江。卷尾去篆題而增釋文，當時謂用工精緻，可亂閣本真跡者。後惟慶元間四川總領權安節曾重刻之。蘊緼既久，慶元本且不可見，况劉初摹本乎？雖前後闕失，僅存四、五、六册，非生有金石之緣者，烏能寶而有之乎。中叟，崇寧中御史，有書名，善摹古帖。戲魚，臨江所居之堂也。

跋江眉居衡舊藏米書九歌帖

襄陽天才縱逸，書法不受古人羈束。獨《九歌》應規入矩，得《蘭亭》、《洛神》遺意，此禪家所謂正法眼藏也。學米書者不由此入，將不墮魔界者尠矣。此本爲眉居士藏《快雪》舊搨，中脱數字，今歸嚴君衛郊。嚴君多才而好學，以予曾臨此二十餘本，屬予題之，遂略識於此。

王味隒亶望刻米帖跋

法帖中彙一人而成帙者，唐之《澄清堂帖》十卷皆右軍書，不可得見矣。今則東庫二王帖外，唯宋蔡端明書流傳較夥。古香齋刻大小行楷四卷，稱精備焉。他刻雖卷帙繁富，每一代一人，多不過數種。而此一人之書，又或所收有彼此之殊，摹勒有美劣之異，好古者欲專有所師法，慮未足以攬其全而掇其奇也。味隒方伯酷愛米老書，下筆有中郎虎賁之似。因集諸名刻中米書，檢其尤精者，命工雙鈎之，釐爲四卷，居然海岳大觀。以視曹之格所模《寶晋齋帖》，應無多讓焉。古人遠矣，不得見墨迹，石本即其真面目。搜采既廣，决擇益精，後有愛米者，無俟遍購而泛索之。洵一大快事也。刻未竟，方伯移節蘭州，屬予督成之，用識數語於卷末。

王味隒刻米帖四集跋

味隒中丞刻四集米帖竟，予見之碑工所，竊嘆中丞公嗜米之篤，而收米跡之富也。當其第一刻成，予爲跋之。初不意其有二、三刻，更不意其有四刻也。世眼視之，疑此中或有贋鼎者。而中丞公神與之契，鑒賞在筆墨之外，謂非米老那得淩紙怪發乃爾。予因思元章守漣水時，楊次公廉之。米於袖取一石，嵌空玲瓏，洞穴皆具。又出一石，疊嶂層巒，奇巧又勝。最後出一石，盡天劃神鏤之巧。次公乃攫其最後者以去。予不知茲所刻者，果天劃神鏤之巧者耶？抑天劃神鏤之巧者已登於初刻、二、三刻，而茲特其嵌空玲瓏、疊嶂層巒者耶？然其爲米老所愛，則均也。笑語碑工，此老何不幸，而爲次公奪其所愛，今又何幸而寸縑尺楮爲中丞公收拾殆盡。幸不幸其亦有數焉存乎其間耶。客有以語公者。公曰，是即可以跋吾四集米帖矣。因筆其説而附之石。

跋宋乾道四年汪聖錫刻蘇帖三卷

《放翁題跋》：『成都西樓下有汪聖錫刻《東坡帖》三十卷。』又一跋：『成都西樓下石刻《東坡法帖》十卷，擇其尤奇逸者爲一編，號《東坡書髓》，三十年間，未嘗釋手。去歲在都下，脱敗甚，乃再裝緝之。嘉泰三年癸亥九月三日記。』云云。按，乾道四年至嘉泰癸亥，政三十餘年。所謂十卷者，即三十卷中之十也。後陳眉公刻《晚香堂蘇帖》二十餘册，搜羅富矣，乃其跋云：『成都汪氏本自務觀去此已四百餘年，不可復見。嘗訪之宦游其地者，不復能悉其有無存亡，爲之浩嘆。今觀此三卷中家信及友朋書問，多諸刻所無，而其精采奕奕如新脱手，尤諸刻所不及，安知非即放翁《書髓》中物更歷二百年而忽然一現此殘鱗賸甲乎？是可寶也。』江村跋中，《書髓》一語作妮古齋所編，殊誤。聖錫，汪應辰字，信州玉山人。曾爲四川制置使，知成都府，見《宋史》本傳。故宜刻在成都。今帖爲楓涇謝氏所得，留敝齋將一年，翻閱凡數十過，輒詳記之如右。

宋孝宗詩翰跋 藏趙晉齋魏所

高宗傳位孝宗後，在上皇邸二十五年，日以翰墨爲事。嘗以臨《蘭亭》賜孝宗，云可依此書五百本。又，淳熙間孝宗御書進呈太上曰：『大哥近日筆力甚進。』帝王臨池之功至如學士小生者，唯孝宗爲最，是以筆法淵源有自。此二十八字雄渾邃穆，有龍顔日角氣象，斷非常人所能貌取。寶之，寶之。

宋李迪鵪鶉畫卷跋

河陽李迪，宣和紹興間有聲畫院，最工花鳥。仝時王安道、衛光遠、曹瑩輩皆師之。

此卷生秀有致，不讓黄徐，弗玩視也。

宋張樗寮楷書卷跋

樗寮書，前人互有譏評。然法書自鍾王以降，千態萬狀不離其宗。獨樗寮以偏師制勝，不可無一，亦不能有兩。世間流傳最少。此卷大楷千二百餘，歷五百餘年，僅卷首數字剥蝕，尤可寶也。

此卷藏桐鄉金氏，裝褾尚出明湯時清手，尾紙有其印記。

跋樗寮引年帖卷

樗寮書，前人斥爲謬惡是也。然古來書家有不可思議處，即有結習未化處，不當執定鏡以求西子也。如襄陽以顔柳爲惡札，畢竟是米老失言。襄陽能爲顔柳大楷乎？至於東坡書常帶偃筆，明人多有此説，及見宋搨乾道間汪聖錫成都西樓下刻帖，始知骨撑肉、肉没骨二語真畫出頂上圓光也。山谷生硬倔彊一種，自來論書者本不甚稱，但稱其最精懷素體，不肯輕與人作。倘不見《李白詩殘卷》，又烏能確知其妙也？松雪力追晋人，不落唐格，未免有過圓之病。然其與妻母各札子，所謂生中有熟、熟中有生，真不可多得。上件皆經目驗，遂敢鑿鑿言之。然則其他可以類測矣。樗寮此書，在墨迹中無出其右。圓渾處全從二王得來，其縹緲處，飛行絶跡，意到而筆不到。想其下筆時，亦不知其所以然而然也。故看古人書，必須墨迹方見真精神、真魄力。一經刻石，便去而萬里。玉虹摹本具在，出自谷園手定，尚隔數塵，况其下焉者乎？宜吾友備之一見心醉，不肯釋手，竟重價購得之也。君得之，而我且得頻觀之，可無漁郎問津之嘆。是又垂死人眼福，私心所竊快耳。故不覺覼縷而爲之跋。

跋樗寮書劉元城語録後

右張樗寮書劉元城語録一紙，明李太僕曾類刻於棗木板上，今全帙歸壽松堂孫氏。此帖首尾已斷爛不完，獨紙本經六百餘年，翰墨如故，爲友泉施君彭齡得之，可寶也。卷末名印，後人所加，裝時宜去之。古人真跡自有識者，又安藉此作證也。

樗寮書華嚴經第三十六卷跋

向聞潮鳴寺有戴文進功德畫若干幅，不聞有張樗寮手寫《華嚴經》也。是册不知又從何處流傳到此，雖全經零散，僅存八十卷中之一，而閲世六七百年，紙墨如新，不可多得。住僧當善藏之，永爲潮鳴鎮山之寶。

跋方回書洪忠宣忠貫日月祠堂記

虛谷此記，誠有如劉文清所跋云云者，不可以其人品之劣而少之。

書鹽橋宋蔣侯廣福廟碑記跋

廟自宋至今不可謂不舊矣，而碑碣無一存焉，大率屢燬於火之故。里中好事者嘗集侯行實一册，止載咸淳年封牒一道。明人碑記數篇，皆不知名之人。本朝康熙初，林璐爲之記，亦未見石刻。近閲《王曾祥文集》，有《廣福廟碑記》，蓋乾隆辛酉重脩時作，册并失載。則知宋元以來名迹散佚無考，宜也。王記距今又六十年，廟中香火逾盛。橋東西市廛鱗次，按日率錢，并遠近善信施捨不絶。拓廟宇，修蔣村神墓，獨無碑記以傳永久，可乎？予故爲補書一通，俾董其事者壽之石。

洛靈宋寶記跋

右《洛靈宋寶記》載，寒村先生集硯亡久矣。今年春，先生五世孫簡香徵士勳偶得之市上。證之此記，製作符合，渾朴可翫，其爲先生故物無疑。因屬某録之，將勒之石，以志先人手澤。先是二年前，簡香以家藏二硯顏其所居，亦某書。此又在二硯之外者也。

題壽松堂孫氏所藏趙文敏書昌黎師説册

此册佳在流宕寬展，無世俗趙書一味圓潤之習，臆定爲真迹之次。當有印吾言者。

陳無軒焯刻趙文敏飛英塔詩鈎本跋

吾友無軒於乾隆己亥，自都下携同年覃溪閣學翁方綱所跋《趙文敏飛英塔詩鈎本》歸苕，欲勒石塔下，而東西奔走，未遑暇也。迺謀於君之同里汪君尚仁，伐石選工，鎸刻如右。覺文敏妙跡、覃溪雅意與無軒好古傳後之誠，俱追琢出之，蔚爲吴興掌故，其爲功匪淺矣。予因無軒之屬而識數語於末。

元俞紫芝楷書悟真篇卷跋

三十年來此卷凡數見，主者索價太高，竟不得售。今歸孫君誦芬傳曾，予復得寓目，如逢故人也。莊澹菴先生同生跋言：『紫芝佳處誠然，并間用分隸法，筆意頗爲近古。』跋中未及至字畫有與常體異者，此是元人書派，往往意爲增損，在晋唐諸帖之外，不必定有所本也。此卷疑甚長，分一爲二，故署款二行筆跡不類，爲後人所補，圖章亦惡劣。特未考《悟真》實有若干篇，姑存臆説以待後證。我輩收藏名跡，雖片鱗寸甲猶且珍之，况二千餘字長卷耶？即無款可也。曩嘗見山谷學懷素體書青蓮詩半首，無款，精妙無匹，有人以五百金購去，具真識者固當如是耳。

又

予初疑此卷不全，未有實其説者。後誦芬孫君訪得《悟真篇》全卷，校之，果少後《西江月詞》十三首，則其割截爲二確然無疑也。因就卷尾素紙，如前書大小界烏絲闌，屬予補録之。貂尾之續，殊不自量，延平之合，或俟諸異日乎？

又

跋後數年，偶檢書畫譜，載明郁逢慶《書畫題跋記》有《俞紫芝楷書悟真篇》，在黄宋牋上，共七紙，政與此卷合。然則郁氏得時已缺後半矣。不然前六紙皆每紙廿四行，獨第七紙只十四行，款反在第八紙之首，割截顯然，而款之僞不待辨而明矣。去僞存真，不礙其爲名迹也，主人以爲何如？因復識之。

明世宗金鈴小犬圖跋

天河釣叟，明世宗别號也，見《萬曆野獲編》，則此金鈴小犬爲世宗筆無疑。曩嘗於京師見宣宗仿宣和畫貓一幅，有西楊題其上。其用筆秀麗明孅，與此政相似。幾暇餘技，精妙如此，定非畫院俗工所能摹擬。然書畫譜但載宣、憲、孝三宗能畫，而世宗無聞焉。得此，可以補前人記載之闕。

楊忠愍公與鄭端簡公曉手札跋

忠愍奏仇鸞十大罪手疏稿，并獄中與夫人家書，予見之都下，用東坡挽韓康公五言三章韻，謹題卷後。今三十年矣，復得遇此札，盥手敬觀，實後學之幸也。

楊忠愍公與王恭肅公手札石刻跋

忠愍此札，蓋與霸州王遴者也。遴，《明史》有傳。按，公自著年譜，稱其肝膽相許，若親兄弟，故嘗有骨肉之託。後公以言事下獄且死，周旋終始唯遴一人。觀札中云云，勸其愛身俟時。或公自爲後日地步，未必無意也。予好哀輯名賢尺牘，此爲壓卷筆迹，直類顏平原《争坐帖》，不可多得。穆菴觀察張映璣見而慕之，借摹上石，遂爲識數語於後。

楊忠烈公漣疏稿跋

右楊忠烈公手書疏稿一通，句容馮君得之書賈以示予，惜失去後半四大罪。予爲檢本集補足之，中間落句誤字尚多。想當時憒憒一書，草草未暇點檢。字細行窄，不敢校改，使先賢筆墨更遭塗抹，故仍之。自有本集在也。

明孫月峰詩翰并手札卷跋

月峰先生爲吾鄉一代聞人，桑梓之敬與杯圈之慕均也。予舊藏手札二紙，今檢以歸景高兄孫仰曾，裝之卷尾。爲賢後嗣者，宜何如寶惜也。

明唐荆川尺牘跋

章草謹嚴，而出以奇橫之筆，覺生氣勃勃紙上，此先生尺牘中最佳者。己未末伏，山舟同書觀。時凉氣如秋，襲人襟裏，翻閲數過，意致爽然。

跋孫俌之輔元所藏祝枝山詩文稿册

此書深得晋人態度，斷非京兆不能，尤妙以無意出之。可爲知者道，難與俗人言，正是此等筆墨。

跋張芑堂燕昌所藏祝京兆書册

芑堂告予，曩得祝京兆手録詩文稿一册，雖塗乙滿紙而用筆特妙。惜爲友人索去，然忍不能舍，留其牘面書背零殘數片，裝以自怡。予一見定爲逼真。其細如卷髮，盤旋夭矯，圓勁而遒逸，非京兆不能爲此書，非芑堂不能鑒賞此書，亦非山舟不能證明此書也。故爲記數語於後。

跋祝枝山與女小牘

右柬爲予友所藏祝京兆手書真跡長卷内摘出，以其不類也。不忍棄去，收而裝之。柬内稱母，乃京兆夫人李少卿應禎之女。以長卷内附有少卿與京兆札，稱希哲賢婿，故知之。其賢女適誰氏不可考也。

跋祝京兆行楷詩詞卷

明人書各有習常門户，獨京兆力追晋法，得清和温潤之氣，故書品爲一代之冠。此卷聞爲蘿軒老人翁嵩年所集，四紙中詩詞行楷體凡略備，亦可謂苦心精鑑矣。

祝京兆行書册跋

董香光謂顔平原天真爛漫，得右軍靈和之致。吾於京兆此册亦云然。

跋明李貞伯祝枝山字卷

京兆以小楷爲第一，次則率意小行，遒媚古厚。其見諸酬應詩文者，多病緩散不精卓，非其至也。此卷爛漫，一書到底不懈，是何等精采，未可爲不知者道也。後附柬啓及李貞伯書各件，亦見有明一代禮文稱謂之真朴。弗以其尋常裂去之。

爲張芑堂録祝京兆與了菴師手簡跋

右吾鄉壽松堂孫氏藏祝京兆與了菴手簡一通，字如圓眼大，政與石鼓亭主人前所示殘箋上蠶頭細書文句小有别異，蓋一清本，一稿本也。因爲録出，寄石鼓亭以當釋文，何如？

跋文衡山小楷赤壁賦

蠅頭細楷不難於工整，而難於游行自在，筆若屈鐵。世之爲衡山書者，以柔媚取妍皆贋也。此賦作於耄年，而能若是，政如射者之儀豪失牆，又如諸天共坐一鍼鋒端，不見迫迮，是何等伎倆，何等神通？可稱獨絶也。

頻羅庵題跋二

明羅念菴先生詩札跋

念菴先生，奇人也。大魁後纔進一官，即以疏請定東宫。朝儀忤旨，罷爲民。既罷官，杜門講學，以經世爲己任。年垂五十，絶意仕進，不出户者三年，往往前知人事。王元美云，羅如講師參禪，兩處著脚者，此也。没後，相傳仙去。嘗見之燕齊海上，不更奇哉？曾憶《唐紀聞》有段晢於逆旅遇孟叟，約入恒山山居，引謁西室老先生事。晢在山四年，但見老先生端坐正心，禪觀不食，出户僅五六度耳。扣之孟叟，叟取《晋書・郗鑒傳》吟讀之，曰：欲識先生即鑒也。先生之不可測識，殆類是歟。因讀先生詩札，率筆識之空幅。

按，《明史》本傳，先生隆慶初贈太常少卿，謚文莊。而前輩詩傳所載，皆云文恭，未考孰誤。

跋明沈民則度書四十二章經石刻

《四十二章》爲白馬西來譯漢首出之經，精要賅備，與《遺教經》辭旨相類，最爲近古。《遺教》，右軍嘗書之。此經宋紹興己卯僧智曇修復六和塔，一時名公鉅卿自尚書沈該以下，四十二人各分寫之，鐫石龕山下。至今遠近道俗摹拓不絶，蓋經典之與翰墨，固有相應而顯者也。雲間沈學士，在明永樂間書名最著，有本朝羲之之目。此雖非其經意之作，而筆法圓勁，爲真迹無疑，宜其護持四百餘年完好不敝也。今歸商邱陳方伯淮所，遂壽之石，他日流傳當益廣遠耳。特其前後分合、煩簡、增損與宋刻頗有不同。大約就禪和誦習之本書寫，不復細校也。按，毛氏《秘書》第四集載有此種，與宋刻亦微有異，竟不知誰爲初譯之本也。方伯屬跋其後，并附識之如此。

録明錢孚于嘉徵松龕詩稿跋

秀水搴石錢丈載出其高祖前明侍御孚于先生手跡見示，并《松龕稿》一卷凡若干首，屬同書録之，附詩幅後。自惟後進小生得充古人鈔胥之役，以藉不朽，何幸如之。

題明李長蘅西湖采蓴圖詩跋

檀園先生云，西湖有蓴，湘湖無蓴。或當日如此，近日并三潭放生池左右，皆無之矣。間或有之，不過近處寺僧偶於水深處得少許餉客，然亦不可多得也。而市上所賣，實係湘蓴。豈西湖爲葑所壅，不復再生，而其種乃移而至江東耶？是不可知矣。

跋董文敏臨晋唐三種書真迹

古人臨帖，但師其意，未嘗刻舟求劍也。右軍《蘭亭》，自唐宋以來，書家無不臨之，各不相似，即褚公猶帶本色，此意獨香光爲能參破。譬如雞頭末寺小沙彌，食盡五百婆羅門乞，醯摩羅首驚飛上天，只虛空一撮，便已落掌中。此其所以爲神通也。若令今人摹上三種書，必不能如是。

董文敏臨宋四家書册跋

此予家故物也，數年前爲僕人竊去，今知爲鑒家所得，予亦不憾。第前此裝褾極精，紙墨亦净好無點汙，兹則未免展轉受劫，無復舊觀，爲可惜也。乾隆壬子十月十又三日，不翁重過眼題。

又

跋後數日，景高孫大兄持過贈予，并執原主人札爲證，蓋得之桐鄉金氏者。予始爽然皇然，悔前言之莽鹵也。夫物之在人與在我，一也。我失之，人得之，而我且得見之，幸此物不終毁棄，未始不大慰於予心也。乃使得之者轉疑我之疑人，是予以一跋爲之要也，惡乎可？因暫留踰月，復識數語歸之，以懺吾過。長至月之末，不翁又書。

董文敏書準提呪册跋

香光晚年書法得顔之髓，故隨手皆妙。陳徵君老境亦愈遒逸可愛。二公合作，良不易得也。據跋似曾刻過，愚揣必不能刻，即刻亦必不佳。蓋此種妙處，在筆墨外，一經鈎摹，便索然矣。自來佳刻，畢竟下墨跡一等者，以此。

跋錢撫棠樾所藏董文敏臨閣帖

予見思翁臨《閣帖》書多矣，未有如此本之圓厚深湛者，入後七八幅愈妙。畢竟老年方有此超詣，藏者珍重之。

又

唐裴行儉，非精墨佳筆，未嘗輒書。董公至妙之作，大率用宣德鏡面或羅紋牋，故其興會所到，精采十倍。不翁又記。

董文敏書楊魯源墓志銘墨跡跋

楊泠然先生善擘窠書，每牓書輒署吉州某，不知爲楊龍友文驄父也。父子異籍，閱此卷始了然。此古人所以重碑版文字也。志銘凡二千餘言，文敏書時年已耄耋，故前後大小行楷不倫，閱者往往以此少之。不知古人作書惟無名心，故能成大家。看其精神到底不懈，其性情自在流露處，豈復他人所能仿擬。予留之几案間年餘，録其副而後卷還之，俌之其善藏焉，弗爲墨豬算子輩所惑也。

跋陶氏所藏董文敏墨跡

思翁晚年一洗姿媚，以唐法行晋人意，遒逸之致如老樹著花。江村所謂初看不覺佳，愈觀愈妙者。吾於此書亦云然。書記庚申，爲萬曆四十八年，思翁六十六歲也。

嚴氏石刻跋

右石刻九種，石凡二十七枚，内董文敏《金剛經》全卷，即今雲棲所藏墨本曾經御題者。先是，餘杭嚴氏明末於省城鳳山門外，倡修崇聖禪室。嚴氏能書者如順菴大紀、印持調御又名缶、餘人初名敏改名武順、顥亭沆、子觀渤諸先生各寫經典一通，助成善緣。因并摹一時名公若香光董其昌、檀園李流芳、泉亭俞時篤、幻如黄輝各墨跡勒石，陷壁精藍。雖區宇不寬，爲勝流觴咏之地，經此者爲之屢眷矣。近年以來，住僧不飭，菴屋頹毁，碑石存者僅半。嚴氏後人立堂名錫誠者，重先澤之留貽，懼名跡之零落，謀於鄞之同族訥菴學博殿謨，遷置錢唐齋壁，并其家刻之散見他所者，亦徙而聚焉。屬予記其顛末，以垂久遠。予頷之，而以人事因循，忽忽數載，不意訥菴遽已化去。賴虚纏馮君省槐與訥菴同官交好，不特爲吾鄉前輩惜此舊物，且於故友未竟之事，始終樂成之。予故爲此石賀，并爲嚴氏後人賀也。

題董文敏仿王叔明山水軸詩跋

乾隆丁酉六月，陸君貫夫來才數日，得此於市上，遂携過敝齋仝觀。畫樹全以八法行之，與倪迂詩意合。要之非董公真健者，不能有此筆也。題字頗類吴興，而遒古特勝，可稱并絶。天地間自有佳物，但不遇碧眼睛者耳。物聚所好，豈不信然。貫夫徵予題數語其上，予不獲辭。然恐點汙不少，他日裝背撤去之，予不怪且知感也。

跋許崑木雙鈎董帖

雙鈎爲書家一種，予嘗見吴門宋氏藏唐薛稷楷書卷，是舊鈎本，細看間有一二微露痕迹處。若碑版上，行書倍難於楷法，而此册每遇渴筆，往來曲折，神理絲毫不走，明知鈎摹而不能求其鈎摹之迹，可謂神技，可謂奇觀！又何止下真迹一等云爾哉。

明黄石齋先生詩石刻跋

石齋先生以經濟之才，遇叔季之世，忠義之氣炳若日星河嶽。思陵雖知重之，而譴謫頻加，訖未柄用，失天下望。當楊嗣昌奪情入相，三疏極諫，至於申辨上前，往復數百言，爲千百世綱常名教之防，面折廷諍，辭氣懔懔，何其偉也。此詩十四首，玩其詩意及跋語，當是九年復入朝時所作，向爲賴古堂所藏。先生裔孫希齋元規宦於浙，得之予表弟殳湘芷所。因泐石以廣其傳，吉光片羽，無非寶氣。希齋歷宰大邑，所至輒著循聲，世德作求，其來有自。鎸既竣，復爲識數語。黄氏子孫其世世寶之。

書温忠烈公璜原名以介札後

忠烈公遺命手跡，其裔孫一齋既勒之石矣。此札亦一齋所藏，内鄭超宗元勳數語頗有關係。想彼時鄭欲吹散楚軍，事在隱約，不意崑岡之火，玉石俱焚，又誰復諒其心者。忠烈與鄭同年同官，并相契厚，爲表而出之曰：與殉難并節。此五字即鄭公死事定案也。天壤間忠臣義士湮没不彰者，往往而有。鄭公不見白於當日衆庶之口，而猶幸見伸於正人君子知人論世之心，不既多乎？是可以慰故人於九原，補史傳之闕失矣。特爲之識其後。

書温氏母訓跋

四庫館載温忠烈公母氏陸夫人家訓一卷。其五世從孫一齋，名純，雕版印送親知，予因得受讀焉。但覺紙上蒼蒼稜稜，有丈夫氣，無一學究語。宜其有是母，斯有是子。安得不令人起敬、起畏也。予性惜紙，案頭零殘格紙，一行兩行不忍棄去。因筆墨暇，陸續取録之，計八十三條。内有當合并者，有語句重衍者，有節孝曰三字可删者，有闕疑待考者，有誤字宜改者，臨寫略加參訂。既録畢，令工聯作長卷，以示家人子弟，并記於後。

倪文正公家書跋

右倪文正公家書九通，内云：『世間至樂，無踰天倫。故枚卜之舉，誓不赴召。』公之孝，公所以成其忠也。展讀數過，令人肅然起敬。

爲王石交樹題倪文貞公畫石交圖

禮堂王君有愛石癖，嘗以石交自號。今年春偶游吴淞，於友人處見倪文貞公畫《石交圖》立幅，狂喜購以歸，張之壁間，從此七十二峰閣中又添一品石矣。不特此也，文貞所與交之石實自其胸中吐出磊磊落落之石，非凡所謂石也。石交以文貞所交之石爲交，當其静坐一室，形影相對，不啻日與正人君子周旋，誠有如詩中云『交盡世人唯得此』者。其平日滿堂滿室摩挲把翫之具，不過輪扁之所謂糟粕，又其次焉也已。

姜氏三忠志傳後跋

姜忠肅潙里墓志，黄道周撰并書；給諫埰傳，于穎撰，鄭簠書；行人垓傳，徐枋撰并書。

忠孝奇節，往往氣類感召，爲天地間成一不朽之物。如石齋先生書《姜忠肅墓志》，爲之題籤者，徐高士俟齋，爲之後跋者，吴祭酒梅村。此何等人物，乃易萃集一時哉？更有異者，予表弟殳湘芷孝廉芳始獲此册時，慕之如飲食飢渴，寶之如頭目腦髓，勿復它求矣。無何，復得忠肅墓志石刻本，并得二姜先生傳，於是一家父子不脛而走，如響斯應，非感召而何？抑有鬼神呵護之如干將莫邪，必飛合一處耶？昔人云物常聚於所好，此非玩好之謂，又豈好之而即能聚之者乎？其别有感召之深者，則又在乎藏者之品行氣誼，默爲契合矣。嘉慶玄默閹茂之歲，涂月既望跋。

又

越二年，湘芷復得俟齋先生作傳後，與姜氏一札前後有『萊陽收藏圖書』，亦奇矣哉！第不知奉世即公子寓節，抑其孫曾耶？按，行人二十三歲中崇禎丙子舉人，順治癸巳年四十没去。札中癸亥，政合三十年之數，其時俟齋固尚在也。甲子夏五又記。

書明孫忠靖公傳庭傳跋

孫忠靖公一代偉人，不必以翰墨見重。人重，斯翰墨重耳。予嘗得公尺牘數行，蓋與其鄉戴楓仲廷栻先生者，至今藏之篋衍。今年春公之七世孫慶均字衡甫者來武林，出詩册屬題。予惟公之事迹詳在前史，不待鯫生復爲稱述。適於衡甫寓齋見《彙輯世譜記傳》一編，内有華陰王山史弘撰所作傳，簡古有法，遂手録一過，以志仰止之意，或庶幾附名簡末以不朽焉。

録蔡忠烈公道憲尺牘并明史本傳跋

右蔡忠烈公尺牘長卷一件，清溪戚餘齋大兄芸生寄予跋尾者。君向知予好收集前朝及國初諸名公書問，來札云：『君處若闕此家，不必還我。』予感其意，竟留之。懼終無以爲報，因照謄一通，并附寫本傳一篇而歸之。先賢筆墨，况出以忠藎手迹，雖千金莫易，豈末學拙劣所堪抵？姑留此一段公案，使異日知予兩人酬贈始末云爾。

贈殳湘芷明黄陶菴自書詩稿跋

湘芷表弟嘗客游嘉定者數年，所寓居即陶菴先生讀書舊地，曰濤閣，以四周多松得名。惜先生自書額已毁，曾屬予補書之，蓋景企前賢久矣。一日過予齋睹此手迹，輒愛玩不釋，因舉以贈。

姜西溟書謝天愚詩稿序墨迹跋

謝名泰宗，字時望，定海人，崇禎丁丑進士，官給事，著有《天愚山人詩集》。

壬戌冬，鎮海謝君仲諧箎賢過訪，出示先世天愚先生詩稿序一篇。予一見，即曰：『此西溟先生楷法。』及讀竟，署款乃萬先生言。予方在遲疑間，君曰：『姜嘗館予家，此紙相傳爲先生書。未之信，故以奉質。』予曰：『無疑也。』第序作於丁丑，正先生成進士之年，書在後，非適館時，故老境精卓如此。近日先生手迹，即寧郡士夫家所傳出者，亦多贋作。此片紙真吉光也，君其寶之。君信予言，裝背成卷，屬予識其後。

跋汪龍莊輝祖所藏前明朱氏雙節堂殘卷

感應之説，吾儒所勿道。然《中庸》言誠可前知，孟子言誠能動物，是即感應之理然也。蕭山孝子汪龍莊先生以兩尊雙節，遍求天下士大夫詩文、傳記以表揚其親，數十年若性命以之者，可謂誠矣。因是不脛而走，即有以明初雙節堂殘卷贈者，其姓氏闕失，末由咨訪。又閲十餘年，忽於市上故書中得無名氏雙節堂銘一紙，叙其顛末，始知爲天順間朱氏，若合符節。此皆苦節之精神，歷劫不可磨滅。故先後相顯，彼此益彰，亦其孝子天性之誠有以感之如此也。予嘗讀《南史·孝義傳論》『情發於天，行成乎己。乘理闇至，匪由勸賞』云云。『乘理闇至』四字，造語創而精，即誠之説也。予於此卷亦云然。既題其卷首，復爲之跋。

跋壽松堂孫氏所藏李太僕木版帖後

李太僕工書，精鑒賞，其摹勒宋元名跡宜其妙也。此帖尤奇，在棗木版上，圓潤生動，精采異常，比石刻殆有過之，而向來知者絶少。想太僕刻未竟，不曾行世者，其中尚有篇幅不全處，然不礙其爲佳刻也。今爲壽松堂主人購得，予一見詫爲奇絶，急覓好手搨之，其節目之暈，蟲蝕之痕，横裂之理，有似鹿皮斑者，有似蛇腹紋者，益增古趣，非有好古之緣者，安能一遇耶？主人於上年曾得《閣帖》舊石，今復得法書木版若干枚，因思閣本若棠梨版者，其精妙又不知若何。信乎木刻之不必不如石刻也，寶之，寶之。

明支汝同小楷册跋

支鑑，字汝同，崑山人。工於筆札，駸駸入二沈之室。早歲訓蒙，暇則作書自娱，當時甚重之。王仲初詩不下數千言，而書爲一册，其用心亦可謂勤矣。此册舊藏予家，先祖甚寶愛之，今歸新安黄君德徵。因持來南都相示，敬題於後。天啓六年十一月十八日，文元善識。

《崑山志》稱支鑑不獨善書，兼工小筆寫生。而凡記載書畫之家皆未之及，世之精一藝而湮没不聞者豈少也哉。然自天順至今三百年有奇，猶有人藏弆而愛護之，雖缺首頁標題而本文起訖不失一字，要其功力之專不可磨滅，故能如是。而文氏一門，書法之宗，宜其鑒賞不謬也。龍池山人其善藏之。

題惲南田山水粉本

南田山水難得，此畫稿已蒼秀若此，其妙正在有意無意間，識者自然寶之。乾隆甲午長夏，頻羅居士借觀於芑堂張君所。

題惲南田畫臘梅羅漢松扇面

庚申辛酉間，積山師汪惟憲假館於清寧巷之包氏。予兄弟未弱冠，皆執業焉。一日，師從市上得此扇以畀予弟，其後南北散去，絶不復問。越二十年，予歸里門，偶見爲童稚所戲弄，一面已被塗抹，幸惲畫未損，亟收而藏之。又廿餘年弟没，猶子輩偕眷屬歸里，予付匠，誨重加裝治，遂還舊觀。一扇也，閲五十年，師弟存亡之感不可不識，故爲書其扇背。

金誦清棻刻惲南田字帖跋

南田書全以神韻勝，非朱墨所易鈎取。自玉虹樓孔氏，始摹入《鑒真帖》中，然未有如此之富者。清歠閣主人精於鑒别，酷愛南田書畫，大半皆出顧廚所收。又得瀫水陳君希濂助其搜羅，刻成上下二卷，亦可稱大觀矣。主人以拓本見贈，遂識於尾。

讀書牀銘跋

《廣韻》『梘』字注曰『讀書牀』，其製舊矣。故子美詩云：『花嶼讀書牀，牀上書連屋。』又曰：『風牀展書卷，散亂牀上書。』大率可以坐而誦，可以臥而觀，可以左右抽取，而無所不適者，唯牀爲宜。惜古人之製不傳，亦無有題咏之者。掃葉頭陀，不知何許人，而混沌先生過而銘之、書之，其文義襞積奥衍，字跡欹斜飛動，望而知爲麋公狡獪也，然則馮君亦當時之勝流歟。無軒居士陳焯得之四明故家載歸，湘管齋中又添一韻事。他日北牕跂脚，高吟而朗諷之，豈不遠勝於華胥雙門曲調哉。原題云：『予日坐匡牀，偃臥其上，攤書讐字，對客吮毫。混沌先生過而題曰：「是馮次牧讀書牀也，何可無銘。」戲撮韻語續成之。他日再讀一過，直是黄粱公案中一通不了寐語也。掃落葉頭陀次牧識。』

諸氏藏前明劄付路引跋

職官添注之名，明季始有之。時海内多故，需才亟而額缺有限，則以添注寄恩冗焉。安所諸先生以觸璫怒，由雲南左布政使左遷此官，崇禎初方有意枋用，公遽以老乞休。未幾會推南贛巡撫，而公已先一月卒里第。此劄付路引二紙，登極恩例蔭也，一給本官，一給本生，似監照而非監照，亦足以見有明一代之制。先生後裔諸君念齋，吾友也，藏此百七十年，出以見示，屬予□之。案：先生諱允脩，字安所，號曾懸，中萬曆辛丑進士，與劉念臺宗周、葛屺瞻寅亮兩先生同年，没後，志傳出二公手撰，諸君六世祖也。諱長祚者，字永齡，號秋鶴，入本朝不仕，有《芙蓉樓詩文集》，亦戢山爲之叙行，諸君五世祖也。

跋程端伯先朝遺事册

孝感程正揆，字端伯，號鞠陵，崇禎辛未進士，榜名正葵。入本朝改名，官至少司空，有書畫名，書爲查梅壑士標所稱，謂其能追險絶也。此册予借觀於湘芷表弟所，并録一過而歸之。

甬上明人尺牘跋

予舊藏前人尺牘，於明得二百餘家。近爲金陵馮鳴老借鈎勒石，祇十之一耳。甬上黄君定蘭見而賞之，因出其所藏鄉先輩手札，屬鳴老摹刻，多予所未及見者，若豐考功坊、施都督翰、楊廉訪德政，又爲君所未有。予檢篋中三札，俾并刻之，得二十六人，不獨重其筆跡，并擇其人。甬上多耆舊，黄君留心搜輯，壽諸貞珉，是亦表微之一端也。

華氏春草軒詩册跋

華氏舊藏《春草軒詩文》及《貞節堂圖卷》各一，予親家秋槎三兄之九世祖棲碧先生爲節母陳太夫人作也。元明至國初諸名家手題翰墨在焉，華氏世守三百餘年，於乾隆十七年家燬於火，并爲烟燼。此《春草册》乃其鄉朱君緒館於華氏，愛其雙絶，於未燬前鈎摹藏玩者。至是乞得之，然未全也。數年前，秋槎之令嗣校書文瀾閣，見下永譽《書畫彙考》内詳載春草軒始末，復得五七言十首，皆此册所無，因録出，屬予補書其後。予懼拙劣，逡巡者數年，今始塗抹歸之，惰慢之罪，知無可辭免也。

顧寧人肇域志手稿跋

按先生《郡國利病書序》，同時尚有《輿地記》一編。此志疑即初名《輿地記》者也。其薈萃諸史，首尾蠶頭數十餘萬言，細行密注非他人所能傳寫，宜此志不甚傳於世，今爲許君周生得之，可寶也。昔王晋卿藏《蓮華經》七卷如箸麤，東坡題云：『卷之盈握，沙界已周，讀未終篇，目力可廢。』彼或疑鬼工幻客所爲，而是書廿册出自大儒手迹，豈不尤奇絶哉。

范忠貞公承謨手翰跋

書有以人傳者，忠貞公書是也。公不以書見長，而字裏行間一種方正嚴毅之氣，令人起敬起畏。吾鄉西湖向有公書『勾留處』三大字額，與此筆跡無異，加縱横焉。聞近日爲俗物撤去，不知所在，惜哉。

黄文僖公機墨跡跋

十年前，以數金易得故家敗簏中物，内有文僖公字卷一紙，款爲槎度者，不知何人。適聞公五世孫晴江上舍濤自禾中移家會城，因訪而贈之，以還其世家手澤。晴江裝潢成卷，跋其卷尾云云。惜所謂宋瓷印章，未得一寓目爲憾耳。有友人曾見之者，曰：『官窑，非哥窑也。』并記於此。黄跋云：『右高祖父文僖公遺墨，即公手著家鑑中語也。舊爲山舟梁侍講所藏，先大父時因鄰人不戒於火，累代手澤一空。今年正月，晤侍講之嗣君曜北，詢公筆札，具以實告。曜北聞之侍講，遂以此見歸。卷尾雲中白鶴印，出宋哥窑，公所愛玩。海鹽陳宋齋先生訏爲公長孫壻，好之不敢請，公知其意，遂畀焉。去年獲觀於陳氏，并讀宋齋先生珍藏記，不一載。復得此卷，卷尾復有此印，珠還璧合，事非偶然，用記此以詒子孫。乾隆五十六年三月。』

題王阮亭查初白兩先生尺牘後

法帖自右軍而下，流傳者大率書問爲多，蓋古人亦於不經意處勝也。某嘗集明人尺牘甚夥，其間或不以書名，或以重名掩其書者，雖草草數語，自有妙趣。近復留意本朝諸名公札，僅得一二十枚。聞少宰西厓先生文孫融書上舍藏有先世往還書札，因求觀之。承以阮亭、初白兩先生手跡見示，兩公素不以書名，且其詩文爲海内宗仰，書特因是掩耳，而一種清蒼秀潤之色，各有自然流露之妙。虚舟王吏部題其册曰：『二老風流，良不虚也。』某借觀許久，爲各乞一通。上舍初有難色，既乃許之。屬録其原文於册尾，蓋重惜先世之交情古道，不欲以尋常片紙隻字棄去也。某感其意，不敢辭，謹補録一過，并識其緣末如此。

跋喬石林先生萊一峰草堂看花歌册

癸酉十月既望，久晴之後，繼以連陰，一事不能作，悶甚。適海鹽吴思亭兄修在省，以所藏喬石林《一峰草堂看花歌册》見示。越一日，王丹生兄槐又以手種盆菊十六貽我，品格香色非尋常園菊所有。於是日坐叢菊中焚香煑茗，且吟且賞，三年衰病中未有此數日之眼福者。遂爲書之册尾，并爲此册又添一重公案。雖末學小生望塵弗及，而風流可挹，如在諸名公前，側聞緒論，真不勝其欣幸也。

附録查初白先生跋：一峰草堂者，白田侍讀喬先生京師邸舍也。丙寅初夏，先生置酒海棠花下，賓主凡九人，即席分險韻各賦七言長歌一章，余亦與焉。癸巳七月，余長假南歸，道出寶應，先生令嗣介夫兄崇修携此册見示，轉首前遊，二十八年矣。前輩風流，零落已盡，向與會而詩未至者，則孫松坪致彌、姜西溟宸英、陳叔毅曾蘙，亦成異物，惟慎行與西厓少宰兩人在耳。感念存殁，能無愴然？

徐蘋村倬先生詩牋跋

右蘋村徐少宗伯八十四歲時手書詩牋，與温繼庵先生棐忱者。先生亦同時有作，其酬贈當在徐氏，惜失去不得合璧。温氏後人一齋學博純檢先集録而補之，并和而序之，緬二老之風流，寶先友之遺跡，可謂好事者矣。讀一齋後跋，温、徐不獨同社詩老，舊有姻連，今一齋更爲徐氏之壻。東海女郎，南厓賢裔，後堂之秀，書擅簪花，述德之章，詞成繼組，珊瑚架底，玉鏡臺前，互相輝映，是又一段佳話也。辛酉夏五，一齋以示，錢唐梁某遂爲識之。

跋陳句山太僕書册

董華亭論書云：『臨摹最易，神氣難傳。蓋非識趣高遠，卷軸古厚，以我神智，會合古人精神，雖虎賁之貌中郎，衣冠之肖優孟，去而萬里矣。』句山先生性與學俱臻絶頂，故筆墨之外，別有一種色香味，不求工而自工，不必定似而自似，每一展看，使人挹之不盡。此四册自晋唐至宋元無體不備，尤爲陳氏寶玉大弓。謹識數語而歸之。

跋李晴江畫册

晴江先生，名方膺，字虬仲，通州人。父玉鋐，雍正初官福建臬使，先生隨侍入覲，以諸生授知縣，歷任河南、安徽。性亢直，屢忤上官，蹶而復起者再，卒不得行其□，以終生平。工畫梅，大幅及小筆寫生全以胸中靈氣□之。此册雖隨意之作，十指間拂拂有生氣，非世俗所謂敬某仿某者也。袁簡齋先生爲之墓志，載文集中。讀其志可以知其人，并可以得畫之品矣。

跋周西隒所藏帖

己巳之次年，即西隒發解之年，政在舍下居停，明年偕予兄弟北上。此帖之相賞或在彼時，然不省記也。屈指五十年，故人宰木已拱，而文孫句占偶於舊篋檢得之以示，予讀其跋尾不勝人亡琴在之感。且西隒長予十年以上，友而兼師，而跋中猶齒芬及予，益加慚矣。遂爲附識數語於後而歸之。

原跋：右帖五種，己巳秋在淮浦，及門李君蘭浦持以餉余，内《黄庭》、《樂毅論》皆劣，《佛遺教經》似勝，而吾友山舟梁氏以爲凡俗。山舟特賞《曹娥》一帖，與余略同。余晚學無師，不足輕重，而山舟固今日之大令也，其言足據。因於暇日墨其後，將以俟夫知者。

爲從孫祖恩寫論書册

書之爲道，小道也。其妍醜不盡關乎學問，而性情之淺深因之。吾家自曾祖下皆善書，其性情深也。爾輩平日但疏瀹其性靈，而復以書卷浸灌之，不患其不工。前之所論，抑猶是紙上陳言也。嘉慶五年歲在庚申二月望後，書付從孫眉子，過此以往，日益衰耗，恐不復再能塗抹矣。

書集杜卷子後

三伏未來，遭毒熱二十餘日，得連日大雨，遂如已死復蘇。然老屋三間上漏下濕，幾無容膝之所，局縮臥榻前纔數武耳，無一事可遣。偶檢此卷，書之以了友朋一諾，不意紙幅如是之長也，愈寫愈不盡，愈不盡愈寫，自午後至日没始畢。書之潦草可知，亦可諒也。詩則兒戲罪過，尤不足當大方一笑，姑以填塞空白云爾。

題穆氏近文齋册

漢以前碑版多不署刻者姓名，唐宋始有之，長安石工安民爲最著，以其不肯鎸名《姦黨碑》後，其事足以千古，伎之工，故弗論也。至若爲文人學士所賞識而游揚之者，殆不多見。惟杜少陵有《送翰林張司馬南海勒碑》一詩，前人謂是鎸刻者流。又崇寧間李仲寧以開蘇黄詞翰得名，黄太史題其居曰『琢玉坊』，此見於王明清《揮麈録》者。今吴中穆氏父子世精其業，開設廣肆，號召能手，以售伎於江左。凡梨棗珉石之役，鴻章雅製之流傳，舍穆氏無以辨。其所周旋，大率皆名公鉅卿，若古之杜陵蘇黄其人者，贈遺之作登諸簡册，如雲如椽，穆君其足以自豪矣哉。而顧乞言於鄉里無聞之人，又烏足爲穆氏增價？余竊自恧矣，因讀諸公記叙而識數語於册尾云。

寫佛説賢者五福德經册

嘉慶十有七年壬申九月二十八日，余九十生辰，鄙性向不欲舉觴稱賀，即家中子姪輩亦從不令其行希韝鞠朏〔一〕之禮。今歲諸親好届期紛然踵至，余拒不敢見，竟日閉門，默坐無事。是日天氣晴煖，客以盆菊見遺者甚夥，羅列庭中，異色焕爛，香到几研，爰煮茗賞之。適案頭有此册，興發作書，即以寫經爲余之自壽也可。

校勘記

〔一〕臄：據《史記·滑稽列傳·淳于髡》，應爲『臄』。

自録屬辭筐舉殘稿書後

駢四儷六、五七律詩之作，莫難於對偶音韻，往往一句中用古，割一字則工，多一字不工，倒一字則諧，順一字則又不諧者。古人臨文時亦權宜行之，或變易本文，或任意誤用。古人之專輒，即後人之依據也。古人之假借，即後人之口實也。此又在《編珠》、《六帖》諸類書外另標一例，專事摘記者，未曾有也。余不學問，見書不多，然留意久，居然成帙。自子史六朝文及唐宋詩而止，分十類，曰數目，曰牽合，曰變文，曰稱名，曰割裂，曰歇後，曰單辭，曰倒用，曰别讀，曰别解，統名曰《屬辭筐舉》，以備巾箱之遺忘，辭章之掇拾而已。其弇鄙不欲使外人見也。此零殘數十葉，余録未竟輟去，從孫眉子見而藏之，以其爲余手録不欲毁棄，又不繫乎此編云云也。

頻羅庵題跋三

跋汪重闓先生德容小學偶拈册後

先生書學爲吾鄉第一，卒無有知之者。蓋自登第後，被事謫戍不還，故筆墨流傳絶少。此册所集，在家書中隨時拈出寄其公子者，久而成袠，其間小誤不免，固自言塞上無書考證也。然今人《蒼》、《雅》、《林》、《説》之篇非不燦然插架，而銀鐺杖杜，觸手紛來，用攴代文，將元混旡，如陸氏所譏者，則又不可悉記。以視先生之書空思誤者，豈可以道里計耶？前輩讀書不苟，雖在憂患，猶諄諄以小學教子弟，懼其不爲秀才而爲吏胥市儈，意深苦矣。至於敗煤殘楮，或楷或行，筆筆顔筋柳骨，即塗乙改竄，略不經意處，亦復古味盎然。先生往矣，此片鱗寸羽，能無寶惜哉。北瞻甥金耀辰爲先生孫壻，從其婦翁處乞得之，裝以示予，留之數年，不忍釋手，偶有所見，輒以別紙標識之。後生懵學，豈堪代匠指南，竊用少補先生無書之旨云爾。

跋汪融若大觀藏重閬先生行楷書册後

重閬先生楷法初學《黄庭》，行書學率更諸帖，晚年則一意平原。惜其早經患難，流傳人間絶少，嘗聞在塞上時有請作擘窠書者，苦乏巨筆，以竹箸夾絮濡墨汁爲之，可謂書道之厄運矣。設使先生在朝在野，嘗得精筆良紙揮灑自得，又不知其暮年境界若何。乃今徒令其子若孫搜索戍所故篋，得殘牋片楮而寶之藏之，烏足窺先生全豹哉？噫！亦可慨也已。

湯西厓少宰進呈楷書詩册跋

高文典册大率多倩人繕寫，非不圓潤工整，而書者之性情不存焉。前輩名人不然，予嘗見西溟先生暮年進呈册子，金牋上淡墨書楷，中間帶行筆而遒媚更可愛，山東孔氏已鈎入《國朝名人法帖》中。此册少宰公縮東坡春帖子意，端莊流麗，絶無對御矜持之態，足見老輩風度不凡，越人遠甚。點山禮祥爲公五世從孫，裝而藏之，洵可爲家寶，并後代法則也。

書張文敏公手札後

天瓶先生草草寸札具有磬控縱送之致，予以爲較蠅頭莊楷似更勝也。中間科場一段稱及先少農，其爲乾隆甲子無疑。時上意嚴切，在下奉行不善，遂有援賞搜檢之舉，冤抑不免。近日外省監場大吏務爲寬大，諸生視棘闈爲兒戲，無所不可，則又過矣。寬之至，勢必復趨於嚴。計甲子至今將六十年，乘除之理未必不爾，存此札亦足爲後來者殷鑒也。

跋查聲山詩石刻

名人翰墨如鴻篇巨製，數十年後化爲烟燼，或入敗簏中者，不知凡幾。此不過片楮贈行詩耳，作者亦不甚經意，而居然百餘年猶存，且裝背之，摹勒之，其亦有幸、不幸耶？亦存乎其人耳。其人或念先世之交游，重老成之手迹，雖片紙隻字亦藏收之，然而其人遠矣。

爲戴恂若（恪然）題蔡厥脩（詒來）楷書後

厥脩先生書無盛名，而功力精到若此，能以自家神明合古人矩度，迥非虎賁優孟之比。恂若戴君，先生之孫婿也，以所藏《黃庭》、《千文》楷法二種見示，予因得窺見一斑，遂識數語於後。

又

恂翁復得厥脩先生暮年所寫《黄庭》一本，示予，予屬其并裝於後。時適閲查伊璜先生《東山外紀》：『論文當以有餘爲工。譬美人八格者未是美，其離形處自有可動人；古畫得法者未是畫，其浮楮處自有可奪目，是所謂有餘也。天地無風雲，川岳高卑盡矣。』又云：『畫家不善畫空，千古缺處。畫中著人，須從此人性情現出丘壑，外增一筆不可，即不著人，山水自有性情，一片生成，加減不得。』又云：『畫是醒時作夢，夢或無理却有情，畫不可無理，正妙有情。』以上諸語頗與書道有合，遂録於紙尾，與恂翁共參之。

跋姜西溟楷書後漢書黄憲徐穉姜肱申屠蟠列傳册

本朝書以葦間先生爲第一，先生書又以小楷爲第一，妙在以自己性情合古人神理。初視之若不經意，而愈看愈不厭，亦其胸中書卷浸淫醖釀所致。董思翁嘗評平原書所謂不爲結搆，天真爛漫者是也。此册爲備之孫君所藏，中缺二頁，屬某補之。予逡巡不敢下筆，再三徵索，不得已，應之狗尾之續，得罪於先生多矣。因附識册末，以自懺云。

姜西溟臨魏晋人各種書册跋

予反復觀湛園先生此册，微覺有會。今人臨摹古帖率皆相其大小長短肥瘦而一一描畫之，如小兒仿本，習之久未必無虎賁之似，然神氣去而萬里矣。先生之於《閣帖》不然，只就逐行逐字熟其綰結纓帶之法，然後行以己意，或對臨，或背臨，全於神理間取之。故初看若不經意者，愈看愈不厭耳。昔孫退谷嘗言：『聞之鍾伯敬云，古法帖無妍拙放斂，其下筆無不厚者。試取古人帖中數字極朴而無態者一臨之，才覺有一二分似處，即佳□，而彼其朴而無態者自若，人反不以爲佳，此所謂厚也。』予謂天真爛漫是吾師，惟真故朴，惟朴故厚。吾故於先生紙上意趣之妙，見胸中醖釀之深，而益以想見先生性情之真也。臨之難，鈎摹而得其意，當亦不易。

姜西溟臨十七帖册跋

先生所藏宋隔麻搨《十七帖》一本，予曾見之王韓城杰相國處，生平得力在此，故書格爲本朝第一。

姜西溟臨晋人書跋

出自率意，又當炎蒸，不知者以爲僞，非也。其一種卷軸之氣，固不可掩耳。

書笪在辛重光侍御畫筌册跋

《畫筌》爲江上外史所著。按原跋，尚有《書筏》一篇，并經鎸版，卒未之見。順之周君録有清本，因製佳紙，界朱絲闌，索予書之。字數既繁，予不免人事之擾，又今年春夏奇寒毒熱，不能握管之日居多，計此册留案頭不下年餘，而忽作忽輟，凡閱數月始畢事。前後字跡都不相貫，又無論工拙矣。每段内細注爲王石谷、惲南田兩先生評，亦依原跋録也。

萬九沙先生手書册跋

同書弱冠之年，隨先大父、先君子移居後洋街，與先生七桂廳老屋衡宇相望，晨夕過從。同書嘗侍立焉，見先生童顔皓髪，躡朱履，支過頭杖，談書論文，亹亹不倦，間蒙垂盼，藹然粹然，不以小子忽之。回憶曩時，蓋又七十年事矣。今先生曾孫子雨三兄雲出守粤東，臨行以先生八十外所臨《閣帖》及古隸一册見示，屬爲之跋。循覽數四，如商彛周鼎，古色黝然，又如蒼松老柏，可愛可敬，竊以得睹爲幸。謹識歲月於別幅而歸之。

題王二癡畫册

今年夏，客有携耕烟老人《千巖競秀圖》長卷求售者，索價極高，值予又囊空，不能得。踰時詢之，則已歸老人之從孫玖，號二癡。其時予猶未識二癡也。後於虞山沈宗叟栻庶子所見二癡作山水幅，秀潤蒼厚，綽有門風。因過訪，得展前卷。舊物復歸，將爲子孫永寶，相與咨嗟嘆賞者久之。二癡并出其近作畫册屬題，予以東坡品摩詰畫語書之，亦君家故事也。既題，復爲識數語於後。

題沈椒園先生所藏書札册子後

昔外舅水蓮汪先生嘗集其友朋書問裝潢成册，題曰《倒陳集》。不獨取其書法之工也，或以學術人品見重當世，或山林高逸不爲時所知者，咸藏弆焉。同書生也晚，不獲親炙老輩風致，竊嘗有意搜訪，間得其片牋尺素則寶若古物。一日謁椒園前輩於隱拙齋中，偶論及之，因出所藏名公書札册子見示。先生負重望數十年，交游滿天下，凡所還往，豈但一月一束而已？乃其册中所收，特老輩數人，所言率以道義相尚，使後之展閱者輒想見其爲人，亦足見先生用意之深而交友之篤也。携歸留案頭許久，適聞先生有粵東之行，亟送還之。謹識數語於册尾。

陳楞山先生自繪小像跋

楞山先生名撰，號玉几，鄞人也，家於杭之仁和，遂爲仁和人。久客於揚，乾隆丙辰舉博學鴻詞不就，卒於家。詩名《繡鋏集》，工寫生，零縑斷楮，爲人所寶重。前輩堇浦先生稱其畫：『此種造詣豈特近時罕覯，求之六百年以上，可仿佛一二。』又云：『某資性駑下，於五七言無能爲役，諄諄索先生詩録寄都下，有如盲者之思視，跛者之思起。』其欽佩可謂至矣。

歸昭簡公宣光石刻跋

《文石室集》『張景儒先澤卷題後』一篇，提刑司勳張某以其先正尚書公手書十九帖見示，且曰：『景儒不獨自愛，蓋將傳諸後世子孫，使知前人所爲一切不簡妄云云。』吾於歸昭簡公遺筆見之。夫以公退食餘閒，偶然欲書，隨意所止，亦不署款，而字裏行間寬和端雅，無矜情作意之態，無一筆潦近簡率，儼然蔡端明《荔支譜帖》。令嗣昆仲寶藏而壽之石，宜也。公與先文莊公同官卿列，同書嘗獲侍顔色，長身疎髯，藹乎如飲醇酎。今於翰墨間，猶可想見老輩風度云。

跋陳句山太僕臨蘭亭卷後

先生於盛暑中，破三日功臨此卷，刻意求似則竟似矣。然字裏行間仍有先生自己之《蘭亭》在，故妙也。不然陽貨之於孔子，優孟之於叔敖，似則似矣，奈凡骨不可換何？

跋劉石菴先生與沖泉弟手札

今之能爲晉魏人書者，唯石菴先生。雖隨意書尺，不可翫視。數年前，予所見與徐芳圃恕方伯一札，更精妙，不知其爲祝融取去否也。

跋張藻川姑夫映辰書妙法蓮華經普門品册

此先姑夫張藻川先生寫而未進者，表弟仲雅孝廉藏之家三十年，懼其慢媟，携來西湖，供奉葛林園池上。俾住僧晨夕禮誦，轉此一重功德，以上宣國家鴻慶，下芘清河一門，庶無負前人恭敬繕録之意云爾。乾隆歲在壬子人日，永上人屬，頻羅居士識其緣起如此。

倪氏七芳圖跋

父執檖疇倪先生，古君子也。生平有鄭虔三絶，而人不甚知。蓋其筆墨矜重，不輕與人，故流傳絶少。先君子與先生少同學，後同年同官，纔乞得《鳳巢書屋册》一，山水小立幅一，至今藏於家。此《七芳圖》，令郎敬堂少宗伯承寬舉鄉榜時，先生自京寄歸以寵之者。神韻獨絶，殆不食人間烟火者，尤爲得意之作。予在京師，與敬堂世交同館，晨夕過從，曾出以相示，不忍釋手。迄今三十餘年，如洞口漁郎，每一念及，惘然若失。今年夏，敬堂公子時慶從常州屬其友人携到乞題，復得展玩數月之久，何其幸也。而追仰先型，緬懷舊雨，又不禁存亡今昔之感。其敢不識數語於後乎。

題黄小松易游岱嵩册

小松司馬性情與古相入，翰墨遂與古相會，其蒼莽盤鬱之態，宋元以後無此筆也，而狀北地之山川，尤非此筆不足以發之。予生平局縮里閈，足跡所到不過圖中一二，而展讀岱嵩四十八幀及序游諸篇，政如八方之在軒庭，又何必嚴夫子所云『州有九，游其八耶』。有小松經邱尋壑之勞，而因有吾輩臥游之逸，何其幸也。册子寄到爲仲冬十日，又贈我楊龍友文驄、宋牧仲犖、黄俞邰虞稷三札，適先一日文水鄭東侯岱鍾同年亦遠寄傅公他山、壽毛眉父子、閻百詩若璩各尺牘，皆不易得之物。連日眼福不淺，遂不禁歡喜讚嘆，牽連書之。

跋施茗柯養浩橅黃鶴山樵村舍圖卷後

茗柯同年甲戌下第後，館於京師范氏之穎園，與予寓舍較近，時相過從。一日，家鄉寄至黃鶴山樵卷一，邀其同賞，嘆爲精絶。乞依樣橅一本，欣然許諾。越數日，挾卷來，曰：『動筆方知古人真不可及，貌雖似而神則非矣。』茗柯固自道，亦箇中人見到語也。即付名手徐翁裝之，藏篋中。自北而南，久不記省，蓋不覺忽忽垂五十年，不知何時失去，展轉歸於小年十兄汪日永處。小年亦不知也，會屬予跋數語於尾，一展卷，如見故人。掀髯落筆時，而錦褾猶新，宰木已拱，不能無今昔之感焉。小年固請還璧，予不謂然。茗柯名場蹭蹬，中年才得一官，遽見顛蹶。及歸來塞上，已迫桑榆，翰墨流傳絶少。此卷爲鑒家所得，不至零落他所，幸也。況小年與茗柯至戚，而予復衰老，不堪把玩，又安知不爲蛛絲煤尾所辱，存此一重公案，爲《村舍圖》增一勝賞，豈不媺歟。

書胡雲持先生天游柯西石宕記跋

予向聞越中吼山之奇，神剜鬼鑿，莫可名狀，以人巧成天工，尤奇之奇者也。曾一再東渡，而未暇以游，今且老矣，輒以爲憾。偶讀雲持胡先生《柯西石宕記》，叙次如畫，文亦如柳公鈷鉧潭諸小記，刻削清峭，不啻臥游其間，亦炎夏一勝事也，乃喜而録之。紙爲端沐許秀才楷手製，非市上常售之品，以試予筆，亦復不俗。爲語許君，倘日日擣好紙授予塗抹，當弗辭揮汗也。

跋周芝岩灝册

芝岩叟竹刻精妙不下於朱氏喬梓，不知其能書畫也。今娱志主人以山水册見示，古雅蒼勁中有秀潤之氣，得宋元諸名家之神韻，不愧名手，乃竟以竹刻掩之也。文人之不可輕量如此，豈獨書畫爲然耶。

書張仲雅雲璈表弟册後

學書無他道，在静坐以收其心，讀書以養其氣，明窗净几以和其神，遇古人碑板墨跡輒心領而神契之，落筆自有會悟。斤斤臨摹，已落第二義矣。同書故不學，宜有是説，然竊嘗自試之。年來人事多累，遭故不一，胸中略無愜適時，而又牽帥於無益之應酬，幾不暇給，不特下筆格格不入，且於此道自生厭惡。雖日弄筆墨，適自敝其手腕而已，可嘆也。仲雅表弟自幼善病，喜閒静，一切世俗事不足攖其心，閉門養疴，足不出户限，正學書時也。而又心好之，能領略古人用筆之法，不患不日進於道。鄙人惡札又何足云哉。去年冬，以册來索書全頁，會人事沓至，遲數月，而徵之頗亟，因草草作此，以應諸責。知我者必能爲我匿之，勿以示人也。

書嚴葆林香照圖後 葆林名文典，字維穆，乾隆甲子舉人，壬申會試中式，甲戌進士，山東曹州府桃源同知。

乙卯之秋，歸安嚴君章傑來省試，奉其先人葆林同年遺照册謁予屬題。予維葆林之爲人也，少年工詩文，有聲鄉里。通籍後，牽絲東魯，所在表勤棠政，惜未能竟其用，此人所共知者。獨其令嗣爲君遺腹，今纔弱冠，不特先人一生讀書行事多所未詳，且音容亦渺不相接。有此册則自少而壯，而暮年，凡與交遊及宦途所到之境，一時一事，歷歷圖之。昔隋徐孝肅生不識父，問母知狀，求工圖寫，搆廟定省。况此出自生存之日，每幀皆自抒其胸懷，有圖有説，以視孝肅之追摹，不尤親切有味乎。章傑敬謹藏弆，偶一展閲，僾乎愾乎，若在膝下，孝子不匱之思，將於是乎寓。吾故樂副所請，而綴數語於簡末焉。

題龔半千賢畫扇

程青溪正揆嘗題半千畫云：『畫有繁減，乃論筆墨，非論境界也。北宋人千邱萬壑，無一筆不減，元人枯枝瘦石，無一筆不繁。通此解者，其半千乎。』予謂：『昔無可道人乘興作畫，多用秃筆，不求甚似。嘗戲示人曰：「若猜此何物，此政是士人筆墨，無所不可。」』甲寅五月端午後，天氣清和如三四月，偶檢此，發興一題，以補其空處，得無嫌闌入打諢，不識理趣耶。

吴思雲先生詩跋

此海鹽吴思雲先生壬寅九日李分虎席上醉贈諸同人詩也。先生名爲龍，思雲其字，又字汝納。明中丞諱麟瑞孫，貞肅公諱麟徵從孫，孝廉諱晋書之子。先生少豪逸有遠志，善詩古文，所交盡知名士。既而故人零散，菀枯各異，先生潦倒不得志。康熙己未，以布衣薦鴻博，不起。高隱海隅，唯詩酒以終其身，至今姓氏鮮有知者。予與先生之元孫子安寧、子脩修兄弟交，得讀其遺集，貧不能刻，藏於家，特持此牋乞書，以見昔日游讌之盛，即以表全豹之一斑云。予嘉其意，遂從所請。壬寅，康熙元年也。

跋新安汪氏説文繫傳刻本

是書訛謬不勝指摘，數年前曾校勘一過，後又得抱經盧文弨、頣谷孫志祖二君手校本補録其上，庵可覽觀矣。今此本爲頣谷所索，即以贈之，倘續有更定處，幸不靳示我焉。

爲張翔鷺書娱志居記跋

此予同年友查梧岡虞昌作也。乙卯之冬，予以事至清風涇上，盤桓娱志居者三日。主人出此篇見示，因允書直幅揭之坐右。適日來疲於酬應，腕力大弱，雖踐諾責，殊不自愜，聊以塞白而已。吾家大來與君姻親，居同邑，上冢來西湖，附其歸櫂致之，當恕我恅愺也。

三堂先賢神位跋

三堂神位次序爲同年朱石君前輩視學吾浙時，取柴學正杰所撰《祠志考正》釐定，而屬同書書以上石者也。同書適抱痾初起，匆遽一書，未暇詳審，刻既竣，覓拓本閲之，間有訛字，然已不可復更，因亟取誤者改書。此石置之碑右以志吾過，其中未安處尚多。即如三堂之在六一泉本展轉遷徙至此，實與六一無涉也。勤上人詩僧駐錫，不應列入。將來或建專祠，或增或汰，須俟後來者。唯李公鐸以下六人，朱公未書，闕疑也。柴志故有之，并補書於右，亦疑以傳疑之意云爾。

爲胡桐峰先生際泰寫壽字跋

世傳陳希夷摩厓書福壽字各一，奇詭不類人間書，購之者往往拓以丹墨，裝以縑素，懸之堂皇，以其仙也。近時天台王翁世芳亦嘗大書壽字贈人，人亦争願得之，蓋翁生長仙鄉，年在期頤之外，荷盛朝優異之典，賜爵授杖逾於常格，不必其書之工，而以其人之瑞也。同書何人，乃大書而特書耶。顧惟壽之爲義，載在經史，曰『以介眉壽』，曰『令妻壽母』，曰『爲先生壽』。大率以下奉上，以卑承尊，致其頌禱之意云爾。今年太歲在昭陽單閼，陬月上元前一日，爲桐峰年伯暨夫人八十雙壽之期，良辰樂事美具難并，喆嗣諸君屬同書作擘窠壽字，爲堂上慶。予分在躋堂之末，既不能作爲詩歌以揚盛德，其又敢以蹇乏之辭乎。謹書此以獻。

書陶篁村元藻汪氏雙節堂旌門詩跋

蕭山汪君輝祖，純孝人也。數年前以母夫人雙節事乞言，嘗一過予門，未得面，既又屬其友與予善者爲道意。予逡巡未有以報，非不應也，自分陋劣，不足以傳節母耳。今汪君既刻其贈言集録若干卷成，復致書於予，楮墨間肫然有孺子之色，不覺令人慚悚，無以自容，其又敢以他辭耶？顧讀集録中凡海内名公巨卿，銘誄記傳無所不有，淺末小子懼終無以贊一辭。適篁村書來，云汪君將有事雙節堂石刻之舉，不妨以手代口，是善爲予解也。因即録篁村七古一首，以畀汪君。書雖不工，或庶幾可以贖予愆也。

全椒金樱亭同年兆燕樱亭詩石刻跋

予居京師七年，樱亭同年時相過從，每譚甚洽。及戊寅歸里後，數十年音問間闊，而樱亭於十年前歸道山，竟未聞也。今令子筱村臺駿寄示王夢樓太守樱亭詩石刻。所謂樱亭者，雖未之見，讀其詩，殆不啻與故人重相晤於宛邱學舍也。懷人傷往，一時并集，爲之綴數語於詩尾。

題陸貫夫紹曾齒墓

《禮》：『君、大夫鬈爪，實於緑中，士埋之。』古人於受之父母者，不敢毁傷，况父母所遺之齒乎？貫夫陸君藏其先人之齒，兢兢唯恐失墜，將起冢立石以識之，夫亦猶行古之道也。而説者或以釋氏髪舍利塔例之，則未知仁人孝子之用心矣。予故爲揭之於石。

跋張翔鷺隸書格言

隸書無小字，小則勢不得展也。近世唯□翁間於題跋用之，然亦行以唐法，而學漢隸者輒見□矣。翔鷺張君因難出奇，於分寸之間，有丈尺之勢，是爲絶藝。此格言一通，猶其稍放者，它所見多蠅頭，尤不可及云。

跋楊昜齋先生度汪自書制科文册

昜齋先生爲予表妹壻，楊君苞文尊甫也。向得讀其手書制科之作，凡若干篇，淵雅藻麗，各極其妙，而楷法之工，尤入率更之室。惜先生赴修文之召已久，未獲親炙。而苞文亦有才早世，今其册爲令弟鳳文所藏，復索觀之，爲書數語於後，以志企慕之意云。

書謝氏所藏心經後

予與東墅三兄同年世契四十餘年，文章學問，實心師之。其入直書房最久，諸王并相器重，公退之暇，一室一几，無廢筆墨時。數年前曾以紀恩詩五章及南北食味雜咏百首寄示，以繭紙界朱絲闌一手書寫，册盈二寸許，大小行楷不下二萬餘言，到底不懈，真一生不能再得之物。已裝背，謹藏之。昨哲嗣組珉世講讀禮里門，出觀成邸五十七年書贈藏經紙上《心經》，君亦書一本附後，筆迹稍有頹然之意，而君亦不久棄世。回憶庚戌之秋，予祝釐入京，下榻君寓齋，每夕相見，無所不談，此情此景，猶在目前，不禁黯然有人琴之感。遂書數語於簡末，俾組珉收弆。後有覽者，亦見予兩人心跡交道於百一也。

跋謝東墅南北食味雜咏詩册

東墅謝三兄爲先文莊公門下士，後與予同年入詞館，晨夕過從，情誼如弟昆，而學問實兼師友也。予自乾隆戊寅以憂歸，不復出。而東墅入侍内廷，歷致通顯，稍稍間闊。然中間奉使南省，未嘗不晤。予先後三次祝釐入京，亦往往寓其邸第，蓋數十年如一日也。暮年老病失意，書問頻數，每有吟咏輒寄示予。此册則其最後者，不下二萬餘字，首尾略無譌誤，唯鱘黄魚一首落去三句，則予爲索稿補書其旁也。不特東墅一生不能有第二本，非知交如予亦不能得此二寸厚之册也。今東墅宿草再新，而予猶幸存人世，偶出把玩，不禁人琴之感。因書時未署歲月名氏，乃爲跋其尾以示後來者，爲我藏弆之勿失也。

方蘭士薰山水立幅跋

蘭士方君畫初師文、趙，中年極力追摹宋元人，得蒼潤深秀之致，爲近今數十年來第一手。垂老多病，精氣稍減，而此幅獨於疎澹中見本色，良由其學力深静，而一時紙墨之適，不可多得也。

題蘭士畫貓

世傳二危日畫貓，鼠輒避去，魏叔子《畫貓記》曾及之。今年上元前一日，政值此辰，匠誨好事索方君樗菴圖此。予惟近日鼠子黠甚，而貪腐糧者反酣豢不任事，且受侮焉，或者假固勝真，未可知也。又況樗菴筆尖不讓王武，其定能爲虎舅一振狐威耳。不翁戲題，時爲嘉慶己未。

書戴氏奉佛龕

德清戴竹溪（士宏）翁親見祖孫七代，享壽八十七，無疾而終，洵非佛果中人不能至是。先是嘉慶三年，翁夢入古寺，有僧執麈柄予之，曰：『不三年當來此。』至五年六月八日，忽謂次孫晋璉曰：『僧來三次矣，今日當飯僧。』左右漫應之。是日并無僧來，而翁竟於是夕長逝矣。越三日成斂，親朋弔者接踵，有素不相識人亦稽首靈坐前，向家人索食。予以瓜，噉訖不見，階下留一佛，長尺許，僧輳一，木燭臺一，遍訪之不知其所自來。予聞其事甚異。因思戊午春，予便至清溪，走謁翁，見容貌嚴静，語言真樸，心竊敬之，爲書七葉堂額并有關於翁之盛德者，未嘗却其所請。今哲嗣恂若（恪然）奉前佛，飾以金，藏以龕，乞予一言爲證。予因直書其事，以俾後裔知其生也蓋有所自云。

書趙氏墓志後

銘幽之文，流傳往往不廣，蓋一入不復出也。舊制用方石二，撮底平面合之，錮以鐵束。横石其變例也。今趙氏向亭昆仲既以是本遵舊制命工移掇上下，摹勒方石，納之壙中。復就此本横刻之，陷置祭堂之壁，以示後人，以便椎拓，斯兩得之矣。孝子終親之事，即此一端，不憚繁重，不惜多費，其它竭情盡慎可知，是可敬也。爰識之册尾。

頻羅庵題跋四

跋叔祖深父先生書單幅

款署乙卯良月下九，錢唐梁文湛書。

先叔祖深甫先生，諱文泓。生平無二名，此獨署曰湛者，詳年月爲雍正十三年之冬，避偏旁御名字也。傳之久久，或疑爲另一人，故識於左。

先文莊公手鈔周禮檀弓公穀跋

此先文莊公未遇時手録也。『檀弓公穀』一册，同書藏之，五十餘年未嘗輕出示人。乙巳冬，履繩姪忽於書肆亂堆中見《周禮》鈔本，購之歸。紙幅書格與前册無異，不知何時遂遺落人間也。延津之劍，合浦之珠，是殆有天幸耶。因并前册付履繩重裝之，俾世世藏弆。昔孔休源每見其親所寫書，輒哀慟流涕。同書不肖，不能讀父書。今且老矣，炳燭之光幾何？汝輩年尚壯，披閱之下見其朱圍墨乙，無一筆苟便，當肅然起敬，愼勿作尋常兔園册子視也。

先文莊公手札跋

右五札，先文莊公初在翰林時致吕海山先生者。先生爲耜堂姑夫伊尊人，以經濟才游歷大府，一言不合即拂衣去，爲當塗所畏重。而逢迎之者，日益不止，竟客死於黔。今耜堂姑夫年九十四，無子。檢此册俾歸我子孫藏之，并屬同書粗記端末於後。

跋家慎五徽鈔陰符經

恒齋司馬書有道氣。此數紙不過鈔書一過耳，而字裹行間，静如止水，不獨臨池之功深，抑亦平日所養者粹也。

跋家慎五臨懷素自叙帖

董思翁云：『書可生，畫不可熟。書須熟後生，畫須熟外熟。』予謂書至素師一種，則當熟處還生，生處還熟。蓋豪蕩感激中具渾脱頓挫之妙，不可以形迹求也。家司馬酷愛學書，遇帖即臨，公暇一以筆墨爲緣。自謂於素師筆法從未摹寫，乃書此叙一過，即有中郎虎賁之似，更徵其平日功力之深，無所不可，能不爲之嘆服耶。

跋家慎五畫虎

慎翁此論，不獨畫虎爲然，即作書亦不以劍拔弩張、觚稜嶄絶爲貴也。古人云：『剛健含婀娜。』慎翁工於書，乃得此秘。

跋張松坪坦乞省南還詩卷

予與松坪同入詞館，而習有清漢之别。一年之期，抱書包，上學堂，矻矻孜孜，無暇與友朋往來。甲戌授職後，無幾相見。而松坪旋偕令兄前輩馨歸省南中，即作詩之歲也。不數年，予又奉諱出都門，不復再出。兩人若相避然。今嗣君次生學增自揚寄到遺詩一卷索題，循諷數過，沖澹緜邈，想見南陔戒養、壎篪倡和時，家庭之樂，不是過也。而予自戊寅歸後，連遭重闈三喪并憂危之事不一而足。予與松坪，殆憂樂頓殊矣。追維往事，爲之嘅然，而五十餘年來忽得重見故人筆墨，又不勝人亡琴在之感也。因爲識數語而卷還之。

題海鹽吴德翼昂顧子芳薇兩孝子卷後

吾友芑堂，篤行君子也。一時得其鄉兩孝子詩卷，此如影之隨形，山之應谷，隱然有相感之道焉。異哉！

書鶴巢讌集詩跋

竹嶼姚翁結廬於東園之東，而規其旁以爲圃，名曰鶴巢。翁之從孫春漪，讀書其中。杭丈堇浦、翟君晴江嘗過之觴咏焉，一時諸君斐然有作，遂成雅集。予與春漪故無半面識，因介友人丁松老持册示予，乞書長卷入石。予惟近時裙屐少年，自命風雅，以蚍蜉撼樹者，往往而是。獨諸君於老輩風流景企不置，雖一日之集，有餘慕焉。其用意良厚矣，予故樂副其請。

書游顯齋守戎廷縉所藏前人墨跡册

敝居會城之西，附近衛地有杭嚴公署在焉。守備山西游君號顯齋者，實任是職。自公之暇，作詩學書，樂與文人學士遊，聞其門無塵雜，几硯清嚴，不可以武人目之，大約如東坡集中家安國、梁先一輩人。予以老病不出，曾未半面，一日介友以小册索題，皆掇拾名公零箋片楮裝背成之，愛如拱璧，亦可謂好事者矣。中有先文莊公遺跡，及吾鄉詩老金冬心、施竹田諸先生簡札。後生小子未敢率爾品題，因録近作一首，以充其幅，且博大雅一笑。老不怕羞，寫作俱劣，見者料不屑以枯木朽株加之繩墨也。

重跋翛虛大師無款山水册

翛公此册，本十二幀，不署款。予曾跋其尾，今爲弓子得之常賣家，其四幀及後跋不知落何所矣。予一見便如故人覿面，不誤認也。蓋其秀潤入骨，别出香味，非他人所能髣髴耳。

書翛虛上人水墨梅竹横卷後

戊寅嘉平，政予奉諱歸里時也。此後相聚十年許，而公化去，距今已四十年。今春偶過陵苕精舍，永師出此卷見示。雖涷墨敗筆，出自率意，而清瘦絶塵之態，若與故人遇，不禁惘然久之。爲題二十字於左：『見梅如見公，今歸何處所。我欲問梅花，梅花惜無語。』頻羅菴過去僧同書，時年八十有六。

公化去之前一年冬，過予不繫舟，住一月，畫過去僧立幅。至今倩它人摹之，不能萬一似也。予有詩：『生平懶向鏡中窺，今日重圖始見衰。賴有阿師神妙筆，爲予留得舊須眉。』云云。并識於此。

烎虚上人畫松石間圖跋

此恒上人示寂前數日作也。予過净慈問疾，謂予曰：『汪君紙已畫了。病中筆墨猶不孱弱否？』蓋自喜云爾。而俯仰間已成陳迹，能無感耶？予與師交契最篤，此幅又爲予轉乞裝成，故識之。

書康熙二十六年丁卯科題名録後

我朝開科以來，重賦鹿鳴者，自周在清先生諱天相始。予忝鄉薦之年，親見先生赴宴藩署，時年政八十。越四十三年，乾隆己酉十月南山上冢，於方氏見壁上裝挂康熙二十六年題名一紙，即援筆書其空處，曰『後丁卯舉人某仝某某觀』。次年庚戌，作五言一章紀事。於冬至日重過方氏，補録其上。又十八年，爲嘉慶丁卯，同書適恭預盛典，并蒙特恩加秩，先後之間若爲之兆者，豈偶然哉。不可謂非吾杭一段佳話也。

爲周堅白書題康熙丁卯科浙江題名録紙後及嘉慶丁卯科重宴鹿鳴書懷詩跋

乾隆丁卯，某忝冒鄉舉，時吾鄉周在清先生年登八秩，重讌鹿鳴，因得追隨其後，晋接風儀。後某自京奉先君諱歸里，先生已歸道山久矣。而某自此以足疾不復再出，又閲二十餘年，偶於南山方氏見康熙二十六年市刻題名録一紙，即先生登榜之歲，以爲奇遇。因賦五古一章，詳記其事。今重届丁卯，某追步後塵，淵源有自，不可謂非幸矣。語有之：莫爲之前，雖美弗彰，莫爲之後，雖盛弗傳。况蒙特恩晋秩，尤爲曠典耶。先生之曾孫介字堅白者，與予有數面之識，索予書長卷，以留此一段佳話。予惟我朝開科以來，先生以第一次重赴鹿鳴，而予此次受恩，又出格外，爲自來所未有。因録前後之作，以應堅白之屬。

此卷裝成後，堅白三兄請諸名公題識殆滿，復以示予。不獨爲周氏一家文獻，附驥尾者竝有榮幸矣。然其中筆誤數處，不及，今爲之改訂，恐年久更滋惑焉。因疏於後。

伊公題四丁卯，誤，以題籤三朝爲是。伊太守墨卿秉綬題云四丁卯卷。

《題名録》現藏南山錢糧司嶺方鳳翥家，非周氏之物。石廉訪琢堂韞玉跋云：『周氏家藏康熙丁卯浙江牓録一紙。』

録内是科吾杭十四人，解元於潛伍涵芬外，第八邱昇即聲山先生，并無湯少宰『二查一陸』之説。吳司成詩誤。吳大司成錫麒詩云：『吾杭得雋凡十七，潛州舍人旗首搴。是科解元伍涵芬，於潛人，後官中書。其間少宰名最著，詩派直接鴛湖邊。沈歸愚宗伯論浙中詩派，前推竹垞，後推西崖。二查昇，嗣韓。一陸寅相犄角，清詞麗句交翩翩。』

嗎咖吵國漁牧圖卷跋

嗎咖吵國畫，目所未睹，亦莫名其寶。而鐵崖林公一段逸事可傳，又得諸名公大書特書，洵足珍也。公諱嗣環，福建晉江人，康熙間雲間孫鋐《皇清詩選》載其詩。

按題名碑林，公爲順治六年己丑科三甲進士。又識。

跋朝鮮朴齊家字脩其題陳簡莊尚友圖贊後

《明詩綜》所采屬國詩人，獨朝鮮爲多，其中朴氏凡四，曰朴原亨、朴淳、朴文昌、朴瀰。兩人皆官判書，殆朝鮮之世家也。貞蕤居士其子姓歟，知淵源有自矣。至贊稿雖草草數行，字畫悉本六書，無一筆潦便，宜其與仲魚陳君相契之深也。予因槎客得見此册，遂爲書其尾。

書方氏手卷後

此予戊申以前先後寄能説縣丞鄒繹札也。能説尊甫磁州君士城十五六歲時與予兄弟同學，十餘年所受業不一師，所居處不一地，未嘗不驂靳相從，蓋朋友猶昆弟也。自予兄弟僥倖後，南北始各分手去。迨至君入仕之年，予弟已遠宦黔中，予久告歸鄉里，然兩人心跡無間遠近。君臨終猶口授旁人作書，手押其上寄予，諄諄以兩郎相託。嗚呼！其忍聞乎？其忍倍乎？能說既奉柩歸，以囊中所蓄涼薄，遂挈眷投檄江西，非得已也。繼母弱弟及一切家事屬予經理之，數十年中入少出多，不能終保其故物，是亦予之歉然於鄒氏父子者也。江西去家近，往來書問時有，不敢不盡言盡意，如卷中所收僅十之一二耳。予性故拙直，不善爲依阿委婉之辭。凡有所規，或過於激切，而能說俯首聽受，從無違言，亦足以見其虛己下人，而能承父之教也。不幸罷官歸後，不久去世。今其諸子多以微官博〔一〕禄於外，唯一女適方氏，爲竹堂八兄沆介婦，令德宜家，并通文翰。此卷出其手集，殘牋短幅，掇拾於拉雜摧燒之餘，可謂有心人矣。竹堂嘉其意，命裝池之以示予。予因備述兩家交契之由，著之卷尾而歸之。予與磁州君同歲生，獨予尚未填溝壑，感今追往，其能無愴然於懷耶。

校勘記

〔一〕博：據文意，應爲『薄』。

書亡姪處素小傳後

予姪處素謹愿好學。其没也，同年盧抱經學士傷之，爲作小傳，梓入集中。今處素子祖恩檢原稿請予書，蓋距處素之没已十有五年，而學士下世亦十有三年矣。書畢不禁泫然。嘉慶丁卯長至月六日，不翁并識。

狸膏集跋

莊生有云：『羊溝之雞，三歲爲株，相者視之，則非良雞也。然而數以勝人者，以狸膏塗其頭。』是編固予之狸膏也。雖然不自求勝，而徒獵他人之殘膏賸馥以爲塗澤之具，其能免於相者譏乎。又乃況於靳爲我用也。

自題少見録後

語云：『少所見，多所怪。』凡事且然，況讀書乎。以予蒙陋，是猶夏蟲之於冰，井鼃之於海，直不見耳，豈少之足云。而或者曰，果爾，則莫若弗録，奈何爲有識者掩口笑也。雖然，予固不耐爲夏蟲與井鼃也，予將丐人之語我以冰，語我以海也。於是慚而志之如此。

爲孫俌之書東坡石蒼舒醉墨堂詩跋

東坡云，人生憂患從識字起，而好之者至顛倒淋漓而不厭，沉酣楮墨如飲美酒，如石蒼舒者是矣。俌之不能飲而於書畫有獨嗜，命圖之意當在此。或者援旭素故事方之，不知旭素特寓醉於墨，俌之實心醉於墨也。爲録原詩弁其端，以明其意云。

書葉秋嶼册跋

往在京師，秋嶼葉君以是册索書，携歸又十年餘，而秋嶼已作古人久矣。既無主者，又不欲以敗紙棄也。秋嶼爲東墅三兄好友，册亦由東墅所致來，今書而歸之。雖終負責諸於秋嶼，猶爲不負諾於吾東墅乎。

書張瓜圃維斗墓表跋

芑堂張君奉尊甫墓表來乞書，予諾之三年而不克遽應者，惟懼拙劣不足爲重，遂逡巡至今。芑堂知我，竟不以是督責，而年事日頹，書道不進，良用滋愧。

書嘉善張氏祭田放生二記跋

魏塘張右文先生諱錐績，學敦古誼，鄉之君子也。予與其曾孫身濤交，因出先生所譔《祭田》、《放生》二記，乞予書以入石。并告予以先人當日僅得置田六十畝，故記中有力不充志之語。今子姓稍衍，衣食粗足，其敢忘先志乎？身濤願與姪修業、修棫、修槎續捐四十畝，以成百數。嗚呼！可謂賢矣！夫事倡難，繼尤難，不在大也。如張氏祭田今不過百畝耳，而賢祖父之導子孫，與賢子孫之承祖父，積少成多，推廣前緒，從此繼繼繩繩，又豈特數倍於百畝而已。故樂爲之紀其實。

書楓涇鎮同善會碑記跋

此會自蔡封公維熊倡始，行之有年。而中間續成之者，吴鷗村燦氏也。乾隆四十年冬，吴君復舉千金之會，以總事爲己任。至今又二十年，樂善不倦，并序刻逐年支收徵信録，分送同人，以冀日漸增廣，共成義舉。蓋事圖始難，圖終更難。吴君真善信人哉！因檢同〔一〕時蔡記，屬予友翔鷺張君介請書之入石，以表所自。予因得悉吴君近事而附識之。

〔一〕冋：據文意，應爲『向』。

壬子七十自壽詩卷跋

歲既盡矣，雨雪連朝，春冷特甚。老人性不嗜睡，而檐間滴雨聲不止，尤擾人意。鐙下書此，以消岑寂。喜許端木秀才製牋，極適筆墨，頃刻塗抹將盡，亦未始非楮先生一厄也。

書抱朴子酒誡篇附録自作説酒詩册跋

右篇反復垂誡，摹寫俗態至二千餘言，可謂無留蘊矣。特未確指所以不可飲之情狀，或滋曲説焉。予嘗有説酒五言一章，非敢儳言古書之後，聊取宣聖近譬之旨，以冀童豎之家至而户曉耳。洪飲之君子，庶幾撫掌一笑，以爲然乎否乎？

爲包構堂家振書手卷跋

構堂表姪，先外王父接三包先生大晋曾孫，藍田舅氏全孫也。孤貧而有志節，課蒙自給，不肯累人，即親故亦蹤跡不輕到，蓋猶有兩世安貧守己之遺意焉。今年夏，語其族人包星濤聲遠，亦予中表戚，欲得予手書一二紙藏之。不可不應，遂録新舊作付之。嘉慶辛未秋七月之杪，山舟書并識，時年八十有九。

録碑版異文跋

二十年前，見碑版中增減文字，輒掌録而心識之，頗有爲金石文字記所未載者。此於書道無關，借以增長見聞，或遇它手變體爲之，便知其來歷，不致漫相訾議，反爲識者掩口笑也。其中有可寫者，有斷不可寫者，臨紙定須別白。少年人見之，切勿一意好奇，走入魔障。

録元版劉大彬造茅山志別體字跋

元人書往往創爲別體，任意增損，非晋唐帖中所有者，雖趙松雪、俞紫芝楷書皆然，亦一時風行所致也。偶閲元版劉大彬造《茅山志》，相傳句曲外史手書，摘其別異字畫録出之，以資博見。或有刊誤，留此以爲考證。右記別體七十三字。

爲謝東君垣寫大方廣佛華嚴經如來現相品普賢三昧品册子跋

癸酉甲戌間，東君先生於京師市上得藏經紙小册一本，持來示予屬書。經卷紙果佳，烏絲極劣，凡四十葉，爲行九百六十，約計蠅頭小楷萬二三千有奇，始能滿此册。予以畏難，逡巡不報，及歸亦携之篋中，未嘗忘也。今夏足疾杜門，點檢舊時殘劄，此册已爲蠹魚所穴，不覺翻然自悔：山舟真懶矣。設當日日寫五十字，不一年可了；日寫二三十字，年餘可了；即日寫五六字，亦五六年無不斷手矣，何至遲之十餘年後哉。歐陽公言：『讀書之法，亦如是。』自分生平筋駑肉緩，坐致頹廢，不獨臨池爲然，可嘆也。遂發憤捉管，寫《華嚴經·如來現相》、《普賢三昧》二品，閱兩日夕已畢，真一大快事。亟緘致清風涇上，字雖不工，頗以多自恕。想東君先生展看時，亦不意此物之猶在，而山舟之竟能踐此諾也。其歡喜當必有倍焉者矣。

爲達先上人惟哲寫金剛經跋

鳳麓達長老戒行精嚴，禪誦之功至老不懈，有古尊宿風。昨年冬，七十生日，予許以手寫《金剛經》一卷爲壽。乃有言不信，忽逾歲時，師其能爲我懺悔此一重罪過耶？

書心遠上人實廣方便品册後

心遠上人爲恒公高足弟子，由禪悟通書法，小楷絶工。顧獨愛拙書，并以所贈方便品裝册，倘所謂前生有筆墨緣耶！今將飛錫渡江，而予亦力疾有遠遊之役，復書其册尾以志别。

永成上人屬書心經跋

辛亥二月六日，坐定静安室，爲永成上人書此經竟，忽大聲發於池上，豈游魚出聽耶。

臨董文敏書黄庭内景經跋

甲申四月，於京師見蘀石翁藏董香光書《黄庭内景經》册，繭紙書也，筆法全用《靈飛經》，而遒逸過之。適案間有界就烏絲高麗紙一番，偶然欲書，對册臨三十五行，楮盡而止，未嘗作意仿摹也。而見者或以爲頗得神似，姑不即棄去，識其歲月於别幅。

跋自書維摩詰所説經觀衆生品册

裝潢徐翁以仿宣紙界烏絲闌册子爲贈，偶試孫枝發散卓筆寫此品，計十四葉。蘀石錢丈見而許之，欲携去，以爲與古人用筆有少分合處。因出所藏董文敏小楷書《黄庭内景經》見示，其所以教我深矣。留案頭三日歸之，此册并媵去，長者前亦不敢自匿其醜也。

贈妹壻范誠與同治自書維摩詰所説經方便品册跋

頃來京邸，哀疾中無以自遣，輒寫經册以當營齋，非有意玩弄筆墨也。然每爲見者心許，予亦隨手付人。此册爲誠與三兄所索，遂以贈之。具慧業人當鑒此意，爲我發悲愍心也。

寫黄庭經跋

客有以鏡面羅紋牋界烏絲闌乞予寫《黄庭經》者，予向不敢仿摹古帖，置之案上數年。近復徵索頗急，輒用己意信筆爲之。香光云，昔人臨《蘭亭》有以草書當之者。況予拙劣，與其畫不成之虎，無寧唱無譜之曲。觀此者以某爲寫《黄庭》也可，以爲臨《黄庭》則汗顔無地矣。

爲范亦塏景陳寫佛説賢首經跋

《佛説賢首經》一卷，爲乞伏秦沙門聖堅所譯。予在京師，曾手書數過，范子亦塏以舊藏金粟山紙二番，界烏絲闌恭敬求書。予逡巡未敢下筆，携歸篋衍，又三年矣。今冬無雪，暄如中春，書此經竟，纔一炊黍頃，頗覺心手調適，特未識與前所作何如。寄示范子善藏之，以爲他日予書印證。

仿米元暉臨蘭亭跋

予藏小米臨《蘭亭》一本，不依《定武》法則，全行己意，蓋《蘭亭》中横出一枝，可謂逸品。予不敢臨，亦不能臨，聊取其意爲之，其見嗤於方家不得辭也。

爲浄慈主雲上人書四十二章經跋後

前人書此經，文句多有異同，分章亦别，唯六和塔紹興己卯石刻《四十二章》井然秩然，予從之。予之許浄慈雲公以寫此也，數年於兹矣。非以事阻，即以懶廢。今年自春至夏，日在病中，近少痊損，而伏暑無以自遣，乃始發憤了此，計二十七頁，起止凡四日。予與雲公交三世矣，書雖衰拙，不敢以草率應，然心手不副，彌用自愧云。

跋丁丑所書賢首經册 秋汀爲王啓焜，字東白。

寫經之明年，秋汀入蜀，是冬，予即以憂歸里，距今四十四年矣。計秋汀宧蜀前後四十一年，簡素少通，接晤無自，册之有無，久不存省。今年春，喆嗣彤軒忽以此册來索予跋，予視之筆力稚弱，殊不足存，添足徒贅也。然故人於蠶叢萬里外保護矜惜，裝裹若新，并聞簿書擾攘之際，不廢展玩。追思寫經時彼此俱少年，而秋汀乃先我而去。此册不特不隨烟雲變滅，尚與素帷丹旐同載而歸，足見秋汀之愛我者至也！又不必以書之好醜論矣。是亦平生久要之一端也，何可以不跋？不日，彤軒又將之官兩川。筆墨之緣，此後另結一重公案，予不及知矣。

跋癸未所書方便品册

予歸後之六年，寫此經寄秋汀。是年冬，予復以先文莊公之變，踉蹌北去，孤露之人，不蒙我佛如來憐愍，頻遭大故，其罪深業重無能解免可知。今彤軒以先人長物，收拾篋衍，不忍棄置，其亦將有感於斯也耶。

跋沈澮園爲秋汀畫册 澮園爲沈清任，字萊友。

澮園之畫，予所見者少，不知其清妙絶俗乃如此也。此册爲秋汀命意而作，想其萬里苔岑，一時萍水，興會所到，有勝於尋常詩酒之會萬萬矣。顧自畫册至今才二十年，而風流雲散。册中所舉如晴沙顧光旭、審淵王鳳儀、澮園皆余同年，秋漁曹焜、秋汀并至好，先後化爲異物，獨述菴王昶在耳。於此益見友朋會合之難。然較之局縮里閈者，又轉不若宦海萍蹤，猶有泛然相聚之樂。展此能無慨然？

書别譯般若波羅密多心經跋

此别譯本，依天瓶張尚書册子録出。今石刻在净慈寺，張臨米，僕不能也，仍我用我法耳。己未九秋，寫示篔谷居士孫世祥。

又

此别譯本，米襄陽書之，天瓶尚書曾臨之，少四十四字。今刻石净慈寺者，册有餘幅，輒附録之，以備一種。

爲星子從孫寫維摩詰所説經法供養品無量義經德行品楷字合册跋

右寫經二品，凡三千餘字，五日始寫竟。蓋人事之擾，時作時輟，不能首尾一氣也。手腕日就衰鈍，尚無摧頽戰掣之態，私竊自幸，恐此後更不復能此。星子其善藏之。

題自書經册

昔人云：『善書者不擇紙筆。』予不謂然。此册粉箋惡劣，又一時不得柔翰，以紫毫筆爲之便爾許枯索。後二段偶檢得羊毛筆，率意一書，畢竟與前有異，信乎中書君能助我矣。

雖然，紫毫束心正近日所謂佳筆也，予又安能爲三寸弱翰一雪其冤耶。

爲湯晝三錫蕃書太上感應篇跋

東吴惠棟序言：『《玉鈐經》言，求仙者必以忠孝友悌仁信爲本。』故宋《藝文志》及《道藏》皆有《太上感應篇》一卷，即《抱朴子》所述漢世道戒，皆君子持己立身之學，其中如三台、北斗、司命、竈神之屬，證諸經傳，無不契合。勸善之書，稱爲最古，誠哉是言。然其中有不解者一二語，如『力上施設』『跳食跳人』，惠注亦未明了。又前後多重複語，想太上教人之意不嫌丁寧反復，故然。予妹夫湯君晝三屬録一通，擬壽諸石，自媿衰劣，不耐作楷，殊非敬謹之道，并書以志吾過。

書寶顔堂張氏集石刻各種册後

予自家居以來，爲友朋牽率，紙勞墨瘁，酬應不暇。每書一件了，如償積負，更不復省記也。寶顔堂主人乃爲搜羅裒集作四十册，裝巨篋示予，予覽之悚然、恧然。以予四十餘年之醜，一旦爲張氏盡發其覆，抑何刻酷也。予爲删去其少作及率意者十餘種而歸之，餘非以其可存而存也，不能自匿則姑聽識者之非而笑之，亦何説之辭也。

爲次孫著寫論書卷跋

乾隆庚戌春分之日，失足一跌，偃臥榻上二十餘日。近始能扶杖而起，枯坐無以爲遣，適雨後新霽，清風乍來，窗几間緑陰照人，自病躄來第一日稱意。因展此卷，率書學書語録一通，書盡楮盡，纔一炊黍頃，不足計工拙也。

爲次孫著書大喜字跋

喜字作頌禱辭者，六經中惟『魯侯燕喜』及《周官》大行人『慶賀以贊諸侯之喜』，餘并作喜悦解。故自古相傳，方聞有道之士，摩厓方丈作福壽字者往往有之。未有作喜字者，有之自不翁始。

隸書壽字跋

弓子從孫屬予以隸法寫壽字，予本不貫習，憭慱一書，遂失却口字，在旁之人見之，以爲杜撰，不得辭也。雖然，有説：古之隸，即今之楷。奴隸爲之，祇取簡易，任意增減，不遵古文。相沿至南北朝五代，碑版楷書往往作别體字，皆古隸階之厲也。即如一壽字，《敬使君碑》作『壽』，《保定四年石像》作『壽』，《天統五年大像記》作『壽』，或省寸，或加可，皆是。甚至近世市井通行之寿字，鄙俗極矣，并不見金石文字，然舊拓《陝刻醴泉銘》『𠽋』字漫漶處，公然以俗書填其偏旁。則知嚮壁虚造，已非一日。安知將來不收入字書，如《廣韻》之『国』字，『当』字耶？又安知予此次惛耄之誤，他日不有好異者見之據爲口實耶？予爲此説，非欲文過，政自陳其謬。汝輩姑妄聽之，毋以前所云云曲爲回護也。

書三教真經後《孝經》、《老子》、《四十二章經》

少不勤學，老悔厥心。以手代口，取償寸陰。殘𢧐零楮，棄之可惜。得間即書，不期於畢。今幸卒業，文成萬千。三教一理，三經同編。歲次辛未，伏日之始。八十九翁，書以自識。

書古詩跋

病瘍二百日，初起試筆，腕弱多不如意，録古詩十一首而止，楮盡亦不能再續也。壬申四月之杪，新吾長翁時年政九十。

馮氏石刻尺牘跋

余舊藏明人及國朝尺牘二十六册，凡七百五十餘人，其尤精妙者爲馮鳴老借鈎上石。先文莊公兩札，亦與焉。刻既竣，因書目録以弁其端。惟抱病四年，不能細案其時代、科第之先後，一一排比之，知難免荒率之誚耳。嘉慶乙亥初夏，九十三老人跋。

頻羅庵題跋補遺

跋黄晦木先生即事詩

予集明末及國朝以來名公尺牘，詩文概不闌入，有則輒以贈人。獨黄晦木先生《即事詩》十章，藏之五十餘年不忍舍去，蓋愛其詩，愛其爲先生手迹，并愛其鼂采齋仿古長牋亦不可多得。頃吾友仲諧謝君自鎮海來西湖，贈我手鈔黄澤望先生《縮齋集》一册，予因以此幅報之。其能爲我藏弆也必矣。先生昆季四，伯太沖先生，仲晦木先生，叔即號縮齋者，季宗輅字司輿，早夭無論已。伯叔皆有文集，獨不見詩，仲有《二晦》、《山棲》集，然《明詩綜》祇載其七律一首，此十章不知在《山棲集》中否？附識於此。

跋叔祖深父先生各體書册

先叔祖薘園先生書法功力最深，七十歲外尚日課篆隸真行各數行。故暮年益臻蒼勁，此其中年之作也。

文昌關帝畫像跋

此神像，同書十歲時先祖母手授予供奉者也。每日就外傅，必揖而出，歸亦如之。朔望則節縮小食之資，然燭以拜。七十餘年來，凡經數四裝背，雖畫筆出自俗工，可謂壽矣。先是予五六歲時，先府君愛予，往往偕至戚友家。一日過候周配三先生於鹽橋廷尉第，談許久，送至大門外。有擔餹者，先生以一文買泥稚爲贈，予欣喜抱歸。先祖母、先母見之，以爲此文昌神也，不可褻玩，因供之家堂中。後又從一老叟製麥稈神龕貯之，至今神像五色稍稍剥落，而草龕居然未毁，將八十年矣。孔子云：『物老則群精依之。』殆此之謂歟？抑予自童至耄，恒心誠意所固結然耶？不可不使後之孫曾輩知之，故并識之畫軸左右。周配三先生諱烈，乾隆庚午孝廉，登榜已暮年矣，與廷尉公藍圃先生琰兄弟行也。嘉慶十年，歲在乙丑上元日，同書書，時年八十有三。

書外祖定菴殳公暨配姚淑人畫像後

先妣包太夫人幼繼於姑，以姑姓締姻，歸我先公。本生實殳也，殳氏外祖定菴府君諱錫鼎，外祖母姚氏以吾弟敦書官，貤贈三品。舅氏諱淮，字桐川，湖南沅陵驛丞，因足疾罷官，卒於家。前後兩娶，并無子。乾隆四十二年請封後，加繪冠帶，恭繕制誥，皆同書爲之。嗣舅母没，親支無人，時享頓闕，同書乃抱遺像歸，蓋有年所。今自分桑榆已迫，外門子姓漸遠漸疏，恐致遺失。因思殳氏五服之親湘芷孝廉平日敦姓收族，與寒家情誼尤洽，於是合二像重裝一幀，并外告身一軸，於嘉慶十二年丁卯五月之朔，敬謹移送孝廉宅上。從此歲時供奉，得附族屬尊親後，合食一堂，庶幾同書輩之心事始畢，而先妣太夫人在天之靈亦用是慰矣。外孫梁同書百拜謹識於下方，時年八十有五。

爲舒鐵雲位書集杜跋

庚午七月，鐵雲孝廉枉顧，以長卷索書鄙作。僕本不能詩，又奉讀大集及見贈之什，驚才絶艷，令人舌橋不下，况敢持布鼓，過雷門耶！顧辱虚下殷懷，深懼有孤雅教，録集杜句若干首，聊塞諾責。自愧東扯西撦，得罪古人，或者以兒童顛倒天吴，見原大雅，一笑置之，幸甚。

爲徐秋雪廷錫書後赤壁賦便面跋

秋雪二兄，世交也。嘗以便面屬書，會年來人事多迮，又時時抱疴，置之篋中，竟忘之矣。徵索再四，近始檢出，有故友蒙泉外史書畫其上。自君作古後，工畫者不乏，卒無能出其右者，風流頓盡，秋雪當與予同此感也。予因爲補書《後赤壁賦》於背，愧不能如外史之蠅頭莊楷也。衰耄一老，指孱腕硬，知秋雪定不以醜拙見罪。何如，何如？

頻羅庵論書

與張芑堂論書

語云：『耕當問奴，織當問婢。』其實耕之所以然，織之所以然，奴與婢了不知也，以其所習，則歸之耳。芑堂精心書道，勤學好問，不敢不以所習告。

芑堂問曰：『古人云，筆力直透紙背處如何？』山舟曰：『當與天馬行空參看。今人誤認透紙便如藥山所云「看穿牛皮」，終無是處。蓋透紙者狀其精氣結撰、墨光浮溢耳。彼用筆若游絲者，何嘗不透紙背耶？米襄陽筆筆壓紙，筆筆不著紙，所以妙也。』

芑堂曰：『腕力如何用法？』山舟曰：『使極軟筆自見。譬如人持一彊者，使之直，則無所用力。持一弱者，欲不使之偃，則全腕之力自然來集於兩指端。其實書者只知指運，而并不知有腕力也。悟此，則羲之之背後掣筆，政是驗其腕力之到與否。無他謬巧也。』

山舟曰：『藏鋒之説，非筆如鈍錐之謂。自來書家從無不出鋒者，古帖具在，可證也。只是處處留得筆住，不使直走。米老云「無垂不縮，無往不收」二語，是書家無等等咒。』

山舟曰：『柳誠懸《玄秘塔碑》，是極軟筆所寫。米公斥爲惡札，過也。筆愈軟愈要掇得直，提得起，故每畫起處用凝筆。每水旁作三點，末點用逆筆踢起；每直鈎，至末一束再踢起，下垂若鍾乳。不則畫如笏、踢如斧、鈎如拘株矣。柳公云「心正筆正」，莫作道學語看，正是不得不刻刻把持，以軟筆故。設使米老用柳筆，亦必如是。』

山舟曰：『筆要軟，軟則遒。筆頭要長，長則靈。墨要飽，飽則腴。落筆要快，快則意出。』

山舟曰：『書家燥鋒曰渴筆，畫家雙管有枯筆，二字判然不同。渴則不潤，枯則死矣。今人喜用硬筆，故枯，若羊毫便不然。』

山舟曰：『帖教人看，不教人摹。今人只是刻舟求劍，將古人書一一摹畫，如小兒寫仿本，就便形似，豈復有我？試看晋唐以來多少書家，有一似者否？羲、獻父子不同；臨《蘭亭》者千家，各各不同；顔平原諸帖，一帖一面貌。正是不知其然而然，非有一定繩尺。故李北海云：「學我者死，似我者俗！」正爲世之向木佛求舍利者，痛下一針。』

山舟曰：『好摹古帖，何以反云大病？要之當臨寫時，手在紙，眼在帖，心則往來於帖與紙之間，如何得佳？縱逼肖，亦是有耳目無氣息死人。至於臨摹既久，成見在胸，偶欲揮灑，反不能自主矣。』

山舟曰：『寫字要有氣，氣須從熟得來。有氣則自有勢，大小長短，高下欹整，隨筆所至，自然貫注，成一片段，却著不得絲豪擺布。熟後自知。』

芑堂問曰：『中鋒之説云何？』山舟曰：『筆提得起，自然中。亦未嘗無兼用側鋒處，總爲我一縷筆尖所使，雖不中亦中。近日江南程易田《通藝録·筆勢》一條，講得最精，前人未曾道過。』

山舟曰：『亂頭粗服，非字也。膠鬢剃面，非字也。求逸則野，求舊則拙。此處不可有半點名心在。』

復孔谷園論書

羅飯牛名牧，江西寧都人。以畫名，能詩，亦工楷法，其爲人敦古道，重友誼。宋牧仲高其人，作《二牧説》贈之。此張瓜田《畫徵録》所載。今據所刻《黄庭》數行，未免甜俗，無書卷氣。看來其胸中無所藴釀，不過一作畫題詩人耳。向亦未聞有著作，其不避廟諱，則草野無足怪者。舍下藏上賜倪元鎮《小山竹石樹卷》，御筆親題其上。附倪小楷《黄庭内景經》全卷，不下數千字，真逸品也。惜筆畫甚細，不能雙鈎，即鈎摹入石，亦必不能得其神韻，以視羅去而萬里矣。因賜物，不敢遠寄賞鑒，姑俟之異日之緣也。

葦間先生每臨帖多佳，能以自家性情，合古人神理，不似而似，所以妙也。小册前五版最勝，《破邪論序》意致亦佳。尊意獨不甚愜，何也？竊謂痛快多而沉著少，一語痛快沉著，唯米公能當之，即所謂『無垂不縮，無往不收』八字妙諦，亦即古所謂藏鋒是也。

下此學米者，如吴雲壑，可謂痛快沉著，形似神似，無遺議矣，而骨髓内尚微帶濁。可見四字能兼，原不容易，况近今之人乎？近人書儘有初看平平，或看似淺露，而細看久看，不令人厭，此即是沉著能然，不必定於停頓遒鬱處見長也。總之，古今人不相及，自晋唐宋元以來，便歷歷如是。非人不相及，乃古今不相及也。必欲盡以古人衡之，則無完膚矣。即如南宫之妙，若云古穆兩字，便已隔塵。蓋運會爲之，性情爲之，不可彊也。設使彊而至於古穆，則墨猪、木算子等流弊百出，又孰得孰失耶？定武《蘭亭》，如麒麟鳳皇，久不可見矣。在唐人自見之者多，而褚登善即用我法行之，全不似《定武》面目，其勢有不能也。而名公亦定不肯爲腕下之鬼所縛，取其神而已，取其意而已。吾輩評書，似亦只宜如是。不審尊鑒以爲何如？

《蘭亭詩》，無論是柳是陶，爛惡之狀，不可耐矣，其爲庸妄人僞託無疑。前四行『斷章之義』，『義』字誤羲，又詩，『羲』字中都作乃，亦前人所未有。嘗見有持晋人墨迹求售者，其實不足以欺童兒，居然流傳至數十百年之後，而妙迹隨烟燼滅者不少。此亦如跖壽顔夭，有幸有不幸也。大抵世間貴耳者多，康瓠鼠璞，幸而爲豪家朱户所收，遂得久秘。即遇識者，或掩口盧胡，不欲遽下雌黄，以敗人興，往往然也。天瓶先生跋但載董公臨本云云，而不置優劣。未必非當日爲貴人所逼，下此庋語。巨眼人幸弗以一時憑愚護短，更爲前人畫蛇足也。

米《陰符經》果佳，小字中有尋丈之勢，有鈎石之力，亦有爲摹勒所壞者，則太作意處也。《群玉堂》各札刻皆佳，較官刻頗勝。蓋官刻濃搨，亦一累也。

天瓶《楞嚴修釋序》稿亦妙，後幅更勝前，紙尾數語尤妙。蓋作意、不作意之分，不作意處，自然之妙流出。天瓶先生從顔法入手，顔用弱翰，而先生用彊筆，莊楷之作往往不如行書，以此。十二兄親炙天瓶之門，其所見不審與愚揣有合否？

米公《蕪湖學記》，舊拓亦不過如是，不可再刻矣。碑陰《仙真記》，僕以爲是當日好事者爲之，事既不可信，書亦不佳。近日已都收拾《清芬閣米帖》中，非鄙意所愜也。

西溟書，尊處有小册及《破邪論》各種，僕處所藏金箋册無足論矣。畢竟是供官之作，減人意興，然是老年筆，較它作更蒼，且其字裏行間，全行己意，無一些對御矜莊之色，亦足見前輩意度，政是不凡。若在今日，必倩所謂黑光長者爲之，大小分刌不爽，殊失風雅矣。故特奉寄一覽。

祝京兆一札，僕所至愛。用筆圓遒蒼秀，可以見其行書大概。有明一代，獨京兆力追晋人，不肯落唐以後一筆。園記直風馬牛矣，惜其妙處非摹勒所能到耳。

張伯雨詩一幅，乃張芑堂所藏，屬寄尊處品題上石者，外舊箋一，并乞寫跋。

松雪和潤寬博之筆，從二王來。唐、宋人駿厲嚴肅，多以法勝。得晋法者，故推松雪。然凡帖所刻多過熟，熟中有生者乃佳。往在京師，見松雪臨皇象《急就篇》墨本，項氏所藏，真古真厚。又見蘇州蔣氏藏松雪《寄妻母家信册》，即用竹紙寫，筩摺作寸許闊，未有騎縫月日花押。用筆秀絶寰區，無一點圓熟習氣，此人間未見之趙字，實從來至妙之趙字也。見此二種，則趙氏諸帖皆可廢。不知何以尚未出人間也。

僕有米臨《哀册帖》一本，首行有史鑑印章。史字明古，在明爲極精鑒賞者，必其家所刻。而此本紙拓皆工，尤爲可寶，世間獨不傳，想以其無款，然逼真是米臨。又《蘭亭》一本，疑是鬱岡齋初搨，臆定爲米虎兒所臨，真逸品也。并寄與大雅鑒之。

唐碑中蘇靈芝一派最俗，誠然。然不可解者，豈獨此耶？即北海《雲麾碑》、魯公《明遠帖》，妙處亦不知之。至若柳公綽《武侯廟碑》，在唐碑中有晋法者，雖非至佳，未可厚非也。

大凡書家各有一種常用伎倆，常用則多見，多見則易傳。賞鑒家亦各各認殺面目，山谷是山谷之字，松雪是松雪之字。豈知名家未有不變化者，如上所説兩趙書是也。前年之秋，袁簡齋先生來湖上，得見山谷書《李青蓮詩》不全卷，紙本無款，字作懷素體，間有一二筆露本色，後有元明人數跋，記其來歷甚悉。山谷之長於懷素，但聞其説，未嘗見也。此卷精妙，至不可思議，借留案上半月，不忍舍去。始知凡刻山谷本色字，皆非其至。而凡帖所刻懷素，滿紙惡習，始終是酸餡氣，非士人本領。其卷爲有力者以五百金購去，不知歸於何所，遂不復能問津矣。因思此等字，必須墨迹，一上石便失神氣。故石刻中多不傳，或當日懷素亦不至如是之惡，因刻而加惡亦未可知也。

答陳蓮汀銑論書

學書一道，資爲先，學次之。資地不佳，雖學無益也。足下有用筆之資，而又好學勤問，不患不進。但臨池時最忌慞恾塗抹，神氣不屬時，停筆可也。總以寫楷書爲要，并以愛看愛讀之書鈔寫爲妙，蓋一舉而兩得之也。

承問『一氣貫注』，非行草綿連之謂，只是一箇熟習，自然草蛇灰綫，成一片段。須熟後自知，不能先排當也。

華亭彈琴『著指便韻』之説，即是筆資之説。足下并不拙鈍，又何慮此？

心正筆正，前人多以道學借諫爲解，獨弟以爲不然。只要用極軟羊豪，落紙不怕不正，不怕不著意把持，浮淺恍惚之患，自然静矣。

凡人遇心之所好，最易投契。古帖不論晉唐宋元，雖皆淵源書聖，却各自面貌，各自精神意度，隨人所取。如蜂子采花、鵝王擇乳，得其一支半體，融會在心，皆爲我用。若專事臨摹，泛愛則情不篤，著意一家，則又膠滯。所謂琴瑟專一，不如五味和調之爲妙。

以我之意迎合古人則易，以古人之法束縛我則難。此理易明，無所爲何者爲先，何者爲後也。

前人專學《閣帖》，以其最初本，誠然。然我輩所見，一翻再翻，豈是最初面目？果然精帖自不同，不曾見過不知也。弟曾見過一二種，故知之。『星鳳』『太清』即一翻再翻之物，據鄙意不必以其《閣帖》，便震而驚之也。

漢唐以來，皆重碑版。大率顯宦居多，若名不聞於諸侯，并不著書人姓名。董尚書筆迹遍天下，而志傳少者，位望太尊，非數百匹絹不可得。此是古人陋習，劉义之所以攫金也。近來志傳愈多，本不足重，而弟以拙劣徇人之請，又何堪矜重？若以爲因此媲美前人，則適足令人掩口耳。

落筆快則意出。此意字是藏真《自叙帖》内云云，全無巴鼻，自然流出者。若意在筆先，大有分别。

漏痕釵股，不必定是草書有之，行書亦何嘗不然？只是筆直下處留得住，不使飄忽耳，亦不是臨池作意能然。《擬山園帖》，本不足取，至扁聯闌入古文鐘鼎，則大謬矣。皆好怪者變相，亦所謂以艱深文淺陋也。書體只有平直中正，自古無他道。

本朝書家，姜、何、汪、查、陳，各有至佳處，大率多宜於小字，而不宜於大字。君所見不過尋常所傳，其絶佳處，雖名家豈能一一皆好？生平原不過幾件是精到之作，亦不自家做主得來，要紙好、筆好、墨好、天氣好、精神好、心緒好，古人所以有五合五乖之説。上五家各有所習，未易軒輊。得天尚書，有刻意見長之病，若出自率意者，儘有神妙之作。大概我輩所見古人之物，皆非其至者，故有出入褒貶。若論其本事，皆不可及，非今之人所能望見肩背也。

弟書自慚，而足下好之，弟殊不解。弟非自謙，實見得古人與前一輩人，皆比我高數倍，蓋其神明意度間有異也。弟并不自解，則學問深淺爲之耳。今則已無及矣，可嘆也。

與温一齋論書

尊夫人臨帖二種，可謂勤矣，出之閨秀，實所難得。僕細閲之，一筆一畫，尚不能受我驅使，則筆之一字於胸中未化也。語云：『爲高必因丘陵。』學書一道，除兒童時描寫『上大人』仿本外，方圓平直，粗能自書矣，即當盡心作楷，或日書三五百字，不可間斷，至半年一年之後，自然漸熟。熟則骨力彊、步伐齊、心膽大、性靈出。然後以心之所好，無論晋唐，把翫之，領會之，略得其趣，再講臨摹。所謂爲高之丘陵具矣。然政不須描頭畫角，較短論長，求中郎之似、鄰兒童之見也。何以言之？我輩生千百年後，視古人不啻九天之上，萬里而遠。欲以地下人接謦欬於圓穹，能乎？跬步間探消息於遼闊，能乎？此不待智者而知也。古人何等伎倆，何等才力，而況氣運有厚薄，興會有淺深，宋不如唐，唐不如晉，古人且然，又況今人乎？行遠自邇，登高自卑。今人只寫得自家手腕熟，或於高遠有小分印合處。若一味臨摹，如俗工寫真，耳目口鼻，尺寸不失，生氣盡而神氣去矣。僕嘗謂，帖宜置几案以自表發，不宜刻畫以自縛者，此也。猶之汗牛充棟之書，不禁人看，不必皆背誦也。能背誦亦書厨之續耳，何益之有？足下之書，已臻熟境。但字裏行間，尚少磬控縱送之致，則氣不足。氣不足則留不住，貫不下。未審高明以爲然否？閨閣中自有朋友，互證之何如？

梁同書傳記資料

清史稿梁同書傳

梁同書，字元穎，晚號山舟，浙江錢塘人，大學士詩正子。乾隆十七年，會試未第，高宗特賜與殿試，入翰林，大考，擢侍講。淡於榮利，未老，因疾不出。晚年重宴鹿鳴，加侍講學士銜。卒，年九十三。好書出天性，十二歲能爲擘窠大字。初法顏、柳，中年用米法，七十後乃變化。名滿天下，求書者紙日數束，日本、琉球皆重之。

嘗與張燕昌論書，略曰：『古人云，「筆力直透紙背」，當與天馬行空參看。今人誤認透紙便如藥山所云「看穿牛皮」，終無是處。蓋透紙者狀其精氣結撰、墨光浮溢耳。彼用筆如游絲者，何嘗不透紙背耶？用腕力，使極軟之筆自見，譬如人持一彊者，使之直，則無所用力；持一弱者，欲不使之偃，則全腕之力，自然集於兩指端。其實書者只知指運，而不知有腕力也。藏鋒之説，非筆如鈍錐之謂，自來書家從無不出鋒者，只是處處留得筆住，不使直走。筆要軟，軟則遒；筆要長，長則靈；筆要飽，飽則腴；落筆要快，快則意出。書家燥鋒曰渴筆，畫家亦有枯筆，二字判然不同。渴則不潤，枯則死矣。今人喜用硬筆，故枯。帖教人看，不教人摹。今人只是刻舟求劍，將古人書摹畫如小兒寫仿本，就便形似，豈復有我？寫字要有氣，氣須從熟得來。有氣則有勢，大小、長短、高下、欹整，隨筆所至，自然貫注，成一片段，却著不得絲毫擺布，熟後自知。中鋒之法，筆提得起，自然中，亦未嘗無兼用側鋒處，總爲我一縷筆尖所使，雖不中亦中。亂頭粗服非字也，求逸則野，求舊則拙，此處不可有半點名心在。』同書平生書旨，與梁巘之異同，具見於此。

（《清史稿》卷五〇三，中華書局，一九七七年）

學士梁公家傳

許宗彦

公諱同書，字元穎，錢唐人。嘗得元人貫酸齋書『山舟』二字顔其齋，海内因稱『山舟先生』。晚歲自署『不翁』，九十外又署『新吾長翁』。

高祖諱萬鍾，曾祖諱國儀，祖諸暨縣訓導，諱文濂，并以文莊相國貴，贈如其官。訓導公有三子：長翰林院編修諱啓心，次贈太傅、謚文莊、東閣大學士諱詩正，次癸酉科舉人、知蠡縣事諱夢善。文莊生二子，長即公，次少司空冲泉先生諱敦書。編修公無子，嗣公爲後。文莊公元配孫夫人，繼包，繼徐，公與少司空并包夫人出。所後妣許太宜人，繼妣夏太宜人。

公生雍正元年九月二十八日，生而肥白如瓠，長者頗憂其不壽。文莊未達時家故貧，居鳳凰山麓，包夫人夜織，公兄弟方幼，戲于旁，虎突入户，夫人驚絶，既蘇，視兩兒戲如故，問之，曰有大獸來，四顧而去，亦不知爲虎也。鄰里咸異之。文莊挈眷入都，公留侍所後親。編修公素嚴，少不可意，輒箠楚，公怡然順受，退無怨容。乾隆五年入郡庠，十二年丁卯科舉鄉試，十七年恩科會試，未第。高宗純皇帝特賜與殿試，成秦大士榜二甲進士，改庶吉士，習國書。二十一年散館，授翰林院編修。丙子科順天鄉試、丁丑會試，兩爲同考官，所取必宿齒，文率枯邃，文莊公見而哂曰：『汝安從得如許骨董耶？』二十三年考試翰詹諸臣，公列二等，擢侍講，署日講官起居注。是年丁所後父艱。公既澹於榮利，又素鯁介，恐不諧於俗，服闋後引疾不復出。二十八年，文莊公薨於邸第，公徒跣奔喪，時少司空守遵義，亦奉命馳驛至。文莊之薨也，子姪無侍側者，邸中物及平時玩好多亡失，或謂當治其事，公曰：『此何時，乃念財物耶？』一無所問。三十五年，孝聖憲皇后八旬萬壽，公入都祝釐，迎駕次，上顧見曰：『汝來乎？』公奏言：『臣足疾未愈，祝聖母萬壽後即回籍。』時陳太僕兆崙與公同列，退詫公：『上方嚮用君，奈何竟自退也？』五十五年，祝高廟八旬萬壽，有力勸公謁時相者，以禍福怵公，公不可。嘉慶十二年丁卯科，浙撫清安泰奏公宜重宴鹿鳴，奉命與宴，加翰林院侍講學士銜。時海内重與宴者，皆止加虚銜，惟公獨具官名，蓋公耆德清望，聞於天聽久矣。雖不就朝列，而型式鄉閭，砥柱末俗，實有以助國家培東南之元氣，故能默邀主眷如此。公名德日盛，大吏至者必首謁公，公一報謝而止，終未嘗有所干請。人有以事質者告之，必委曲詳盡。性雖方正，見人温温，然接之者，形神自肅，子姪侍側，嘗囁嚅不敢言。轂于自奉，裘葛未嘗有副，一冠數十年不易，出行市人往往環視匿笑。於治生頗纖悉，嘗曰：『吾雖日爲此，要於心無所繫累耳。』生平不受餽遺，畢尚書沅自楚致大研，公不納，使者委之而去。越數年，友人有之楚仕者，仍附以還畢。人有緩急，拯濟無所吝，故人子以葬先世爲言，公予二十金，其人實未營葬，半載後復來言，公贈如前，在側者曰：『此爲迂耳，奈何復予？』公曰：『葬事甚鉅，前所予容不足以集事。』其存心之厚如此。杭俗好華靡，喪車必以影神樓前導，惟公家一依禮制，儀從外無浮飾，二氏之徒不入門，不爲人慶壽，無事不讌客，皆足爲居家法。顧士大夫皆心知流俗之非，而卒莫有如公所行者，愈知公爲不可及也。十六年冬，公患腦疽，危篤中見有人持楹帖入，展視其句曰：『萬里烟雲開嶂户，一天風雨護神鑪。』病遂愈，逾四年至二十年七月十五日卒，年九十三。卒前數日，自書訃，筆法蒼勁如平時。其年冬十二月十五日，葬公於茅家埠之原，遵公命也。大吏以公品望爲士民所矜式，題請崇祀鄉賢祠，得旨俞允。入祠之日，傾城會送，前此未有如是之盛者。公與少司空趨尚不同，而友愛甚篤，每當别，輒再三握手，悲不自勝。少空歇歷中外，不名一錢，卒後官項數萬金，皆公爲措納，朋友世舊，初終無異，視見其子若孫，猶惓惓不忘。撫諸姪無異所生，一家之中，上下幾百口，事無大小，一禀承公，六十年無敢違教令者，可謂能齊其家者矣，非誠肅所感而能之乎？

元配汪宜人，同邑水蓮先生諱惟憲次女。先生有知人鑒，與編修公拔貢同年，公幼從受業，遂訂姻焉。宜人勤於持家，自少至老，未嘗謝息，先公三年卒，年九十二，長公一歲。公性不近内，常獨宿齋中，與宜人相見，整衣冠如對賓客。宜人性寧澹，年愈高，遇人愈謙下，列孫行者起居，亦和顏色立俟之，公或留客共飯，倉卒間饌嘗豐潔，蓋宜人夙有所儲以待也。編修公每以嗣續爲念，爲公置篋室，陳氏亦終其身未御，年五十餘先公卒。

公於書法出天性，十二歲即能爲擘窠大字，求文莊書者不得暇，輒命公代書，《徐文穆公夫人墓誌銘》即公少作。書法顏柳，中年用米法，七十後愈臻變化，純任自然，名滿天下，求書者紙日數束。嘗言：『古善書皆有代者，我獨無，蓋不欲以僞欺人，我性如是。』然託公名者甚衆，其去真跡遠矣。日本國有王子好書，以其書介舶商求公評定。琉球生自太學歸國，踵公門乞一見，公以無相見儀却之，其人太息曰：『來時國王命必一見公而歸，今不可見奈何？』因丐公書一紙，曰：『持是以復國王耳。』公論學書大旨，具於與孔谷園及張芑堂兩書。公書刻石者至夥，刻工往往不稱公意，惟陳雲杓、陳如岡、馮鳴和二三人，最得公筆法。本朝能書人鮮有長於大字者，公作字愈大，結構愈嚴，九十一歲爲無錫孫氏書家廟額『忠孝傳家』四字，字方三尺，魄力沉厚，觀者莫不嘆絶。少而工詩，在翰苑時與儕輩酬唱，風華雋贍，其後不多作，曰：『吾不欲求名，不幸以書名爲人所役，豈堪更役詩耶？』重宴鹿鳴，賦七言四篇，和者數百人莫能及。公於小事，皆有常度，久久如一日。尤精賞鑒，於前人書畫，過眼輒別真僞。海寧吴生遇名跡，每潢寫其副，嘗語人曰：『他人皆可欺，惟山舟先生不可耳。』觀書至耄不輟，精力絶人，九十外視聽未嘗少衰，臨卒之歲，猶能作蠅頭字，所著述多散佚不存，嗣子玉繩搜輯得十之二三，裒爲若干卷。

玉繩，仁和縣增貢生，少空長子，嗣爲公後。篤學力行，有介石之操，著書多行於世。居公喪年逾七十，毁瘠有加。孫四：學昌，錢唐學諸生；耆，乙卯科舉人，武義縣教諭；衆，早卒；田，順天府經歷。宗彦娶公猶女，此寓於杭，嘗得侍公言論，竊謂公行己誠愨似司馬君實，書品風度近王逸少。浙人雖婦孺皆知公名，厮役皁養無不敬公者，與宴日夾道觀者數萬人。公不好名，而名愈不可揜如此。

公之卒也，遺命不作行述，嗣子屬宗彦爲家傳，因次夙所見聞于公者，著之篇辭，雖不文，惟其實，庶公之後人得因此以見公之梗概也。

（清許宗彦《鑒止水齋集》卷十七，清嘉慶二十四年德清許氏家刻本）

快雨堂題跋

目録

快雨堂題跋卷三

快雨堂題跋卷四

快雨堂題跋卷五

快雨堂題跋卷六

快雨堂題跋卷七

快雨堂題跋卷八

快雨堂題跋序

評書起梁武帝、陶隱居，評法帖則始於米元章、黄山谷。評書如相人，可得神采於骨格之表；刻帖如觀寫生，即極神似，然其顧盼謦欬不相親矣。文章原本道誼，書者文所由著，而即與文并有其美。凡書之醇疵，類因乎其人之學問有深淺、性情有厚薄而分。而後之學者，品題譏彈，又各因其人之學問性情以爲取舍。而其人之能出品題譏彈以自道所得者，要皆必精詣深造，有古人之具體或一體，而其言可爲後學者先路之導，故持論雖不能盡衷一是，而其書則歷代傳之不能廢焉。自宋以來，以題跋稱者數十家，往往各守所見，然名不相下，從事毫翰，卓然數家者，無不遍覽而兼存之。蓋其真跡不可得見，不得不求諸碑刻，碑刻又不可得見，不得不尋諸往賢論議也。亦如誦法孔孟者，必於遺經，而百家之箋疏，諸儒之語録，鈎稽紬繹，雜而不厭，故藉是求其塗轍云爾。

夢樓太守以能書名海内，心農中書以收藏甲吴下，遂相契厚。中書所收藏，太守必加墨焉。中書令子桐孫，裒集成帙，并搜太守他所評識，輯而刊之爲《夢樓題跋》。持論婉嫿，不循常流，神理時出元章、山谷之外，讀者當自得之。而汪君鑒别之精審，藏弆之美富，令人欣羨。桐孫知勤勤流播是書，其必知所以慎守之者矣。道光辛卯春中題於暨陽書院之輩學齋，武進李兆洛。

快雨堂題跋卷一

閣帖

《閣帖》自淳化命王著上石後，輾轉摹勒，不可勝紀，雖極博古之家，不能詳也。此帖自一至五爲一石，自六至十另爲一石，前五本較後五本時代爲先，不敢定其爲祖本，然其爲宋本，可懸判也。轉折處，如春雲卷舒，游絲自裊，日夕玩之，可以得前人運腕之妙，洵臨池家所不可少。

此帖後五卷，每卷皆有孟津印章。諦觀之，孟津書法，實從此得筆。然孟津但得其一二樸拙處耳，至於藏中鋒於樸拙之中，含婉媚於枯勁之内，殊非孟津所能。前人攻《閣帖》者至多，然考據雖疏，書格獨備。且重摹之本，每本必具一種勝處，自是臨池家指南。後世學書者，未能精熟《閣帖》，不可與言書。質之靈巖山人，當不以爲調語也。

按先生所臨《閣帖》十卷，蓋即靈巖山館宋拓本也，用仿高麗繭紙書之，與宋本尺度相應，尋爲先君子所收。嘉慶庚申，先生自題其後云：『凡數年而成，今流轉而歸試硯齋，可謂得所。』先君子嘗欲摹之上石，與香光臨本後先輝映云。

先生於第五卷衛夫人書後題云：『按衛夫人名鑠，字茂猗，晉汝陰太守李矩妻，廷尉衛展之女弟，恒之從妹。恒，衛瓘之子，梁武帝書評所謂「插花舞女，援鏡笑春」者也。夫人之子李充，亦善楷書，妙參鍾、索。此書論者以爲僞，然唐代僞書，今日已成法物矣。』又古法帖《知賢弟至》一帖後題云：『此帖蔡君謨似從之得筆。』又題何氏書後云：『何氏者，不知誰氏之謂也。其實此書絶似歐陽率更，前人已有言之者。』又第七卷，右軍《承足下遠來已久》一帖後題云：『此應是智永書，誤入右軍册中者。』誼謹按《欽定重刻淳化閣帖》，已移入第九卷，標題『陳釋智永書』，先生之鑒，蓋懸合也。

大觀帖第七本

右軍書之在石刻者，如水之在地，決之則流。故右軍之神氣，至今存焉。况《淳化》、《大觀》，尤爲江河萬古不廢之流乎？當時内府真本，余皆曾見之，其精妙不待言，然轉覺其太工，不若此種遺留之本，别有亂頭粗服風韻。質之北嵐先生，以爲何如？并乞告吾家惕甫也。

汝　帖

宋刻諸帖中，評者以《汝帖》爲殿。然《絳》、《潭》諸刻，贋本至多，眩目特甚，《汝帖》以名輕，獨無贋本。今一展翫，其神采迸露，遠出世俗所傳《絳》、《潭》諸刻之上，殆此真而彼贋也。此本爲竹癡子所收，今歸令兄靈巖尚書。靈巖與竹癡皆具精鑒，此帖洵得所歸歟。

余嘗謂古帖中，有以摹拓至精而傳神者，亦有以摹拓粗漫而傳神者。此帖全以粗漫傳神，近時木刻《鴻堂》亦然。非鑒古至精如靈巖公者，不敢輕以此語相質也。

星鳳樓帖

此帖亦竹癡子所收，歸靈巖山人者。大抵唐之碑、宋之帖，妙絶古今，得舊拓片紙，皆足珍玩，况擅名如此帖者乎？帖之佳處，竹癡言之已詳，余但紀經眼之年月而已。

秘閣續帖

此《秘閣續帖》，鳳洲先生定爲第三、第四，想其時猶見全本耳。文、王兩跋，皆各有所見，然尚未盡允。刻右軍書精妙至此，真所謂下真跡一等，雖唐雙鈎，亦不能過耳。按《秘閣續帖》，是宋帖最上之品，而此二册摹拓之精，又爲最上之上，真異寶也。右軍諸子帖，與右軍正可參觀，何忍併去之？黄長睿之説，吾不敢憑。

右軍諸子及諸王諸謝，皆可與右軍參觀，方可想見晋人風格。徒知尊崇右軍，而謂諸晋賢皆不及者，尚墮死句。即謝安石貶大令，亦是當時之論。試觀唐宋諸大家，有幾人不從大令得筆耶？

此《秘閣續帖》，皆唐人書，鳳洲先生標爲第九，其評皆極允。虞、柳二帖，奇妙出人意表，但鄙意私謂虞書之得右軍神髓，更不讓柳書耳。懷琳《絶交書》，文氏樵入《停雲》，其宕逸處，間出二王之外，將毋叔夜有此跡，而懷琳仿之耶？或謂字跡多類右軍，以卷末有晋右軍字，此行跡之論也。吾鄉笪江上臨此帖最深，故落筆雖雅，不盡入古人轍迹，而自覺超然塵滓之表。

先君子彙刻《試硯齋帖》，中有先生所橅虞永興《齋疏》、柳誠懸《時新帖》，自題其後云：『從《淳熙秘閣續帖》中臨出，深愧腕弱，不能仿佛一二，然猶自差强自運也。』誼按，虞、柳二帖，殆即此跋所云『奇妙出人意表』者。臨本可謂入神，而猶謙抑如是，前輩虚懷，洵不可及。

開皇蘭亭

此卷故滇中某郡守物，某與治同官，非有精鑒，而捕影聽聲，寶此卷特甚。因丐治題識，不靳借觀。治素不奪人所好，臨摹一再過，題識歸之，然深惜此帖之失所也。乾隆三十九年，假館西湖，味隒方伯忽出此卷見示，舊時題識宛然，喜嘆交集。命再題數語誌其事。適公移駐甘省，嚴程將發，未果也。今年春，薄游蘭州，公許借臨，因日夕仿之。乃知唐本《蘭亭》，經歐、褚諸賢鈎摹，各帶自家習氣，《定武》以後，肥瘦尤殊，神韻雖佳，終於本來面目有間。此帖渾然大王書，不知有唐，無論宋元矣。公收之書畫船，永爲王氏家珍，可爲智永、辨才補憾。天留神物，必得所歸，豈偶然耶？

又

董文敏所跋《開皇蘭亭》，爲高鴻臚所收，後歸吾潤培風閣張氏。余於乾隆丁亥歲，始見於滇中，於乙未歲，再見於臨洮。前後皆借置案頭，臨仿數月，并臨董跋藏之。竊喜與此帖有緣，過於文敏也。後聞此帖已歸秘笈，自分此生不可再見。癸丑歲，游西江，於陳静涵處，見溧陽史相國家傳《蘭亭》十種，内有此種，不勝驚異，爲題識其後。今嘉慶元年丙辰春，薄游吴下，忽於陸氏謹庭處見一本，墨色較張本微淡，然實一石也。兹過心農先生試硯齋，獲見此本，墨色較張本更濃，古香撲人眉宇。以世間不經見之物，一旦接踵見之，何其與此帖結緣之深，一至此耶！心農又藏金沙于氏本，笪江上跋，以爲與培風張氏家藏開皇本毫髮不爽。余心獨疑之，以爲實是二石。且按文敏跋張氏本在萬曆丁酉，收于氏本在崇禎辛未，余因識其後云：華亭見此本，在見張氏本後，何以不直曰《開皇》，而反疑爲《定武》？當别有所見。今取以相較，字形雖無大異，而氣韻各有擅長。蓋于本淡宕空靈，《開皇》則沉厚淵穆。竊自幸垂老之年，眼光未眊也。總之此數本，皆是希世之珍，物聚所好，正如延津之合，五緯之聯，偶然得之，心農幸勿易視之可耳。丙辰四月望日記於吴門試硯齋中。

附録董跋

《稧序》雖出於文皇之世，乃隋開皇時已自刻石。此本實翼之間諜，智果、辨才之讐也。尤延之、王順伯諸公見此，必不聚訟於《定武》；趙子固見此，必不捨命於昇山；子昂見此，必不盤旋於獨孤、東屏之二本，而十三、十七題跋不置。顧余何人，遘此奇寶，後舉者勝，豈非生平之快哉！高鴻臚博雅好古，多藏名人真跡。余從江右試士歸，宿其齋中，信宿得盡發而品題之，以此本與郭忠恕《輞川圖》爲第一。余以報命嚴程，恨不能臨寫《蘭亭》一過，如慶喜見阿閦佛耳。萬曆丁酉九月董其昌書。乙卯仲夏，重觀於畫禪室，其昌。

褚臨蘭亭真跡

《稧叙》一帖，關係書法源流。《定武》石刻，在宋人已紛紛聚訟，矧至今日而得見褚臨真跡，豈非優曇忽現、金蓮乍湧？竊恐鑒古家咋舌而不敢信也。然諦觀筆勢，於圓轉如意中，深合古逸之趣，斷非宋以後人所能。而末行款識，極似米書。曾見永興《積時帖》、《汝南志》，鑒家皆以爲米臨，安知此本褚書不與虞書一例耶？然買王得羊，古人已以爲厚幸，即使米公自運之書，尚且千金弗易，況又其臨褚公之臨右軍《稧叙》者哉？此帖宋元以來并無一跋，尤易啓聽聲者之疑，惟是書家品韻，懸判可定。予於法書名畫，不倚考據，專貴眼照古人，如曰不然，俟之五百年以後。

《試硯齋帖》有先生所臨褚河南《蘭亭》，自題其後云：『此叙真跡，心農已橅之入石，余爲心農另橅一本，心農復刻之，嗜痂如此，良深感愧。然傳之他日，未嘗非一段佳話也。』

定武蘭亭

余所見《禊帖》，不可枚舉，即《定武》一類，已不下百餘本。其中可觀者甚多，然大抵皆趙吳興所謂士大夫家刻之本。至鑒賞家所矜爲真《定武》者，亦是薛道祖另刻本也。此元吴炳藏本，行墨之外，别具風神，殆平生所僅見者。昨查映山學使持以見示，天色已晚，燭光之下，精采迸露，即已嘆爲希有。及携歸諦觀，佳處愈顯。觀至三日，而形神與之俱化矣。噫！當吾生而得見此至寶，豈非殘年奇遇耶？自宋至明諸家題跋，皆極精妙，以鑒賞家之法衡之，當是五字未損本，尤爲難得。然余之觀書畫，唯在品韻，不斤斤於此也。學使所收名書畫極多，法帖中當以此爲驪龍珠矣。癸丑春正月記於漢上之芳草吟軒。

又

此〔一〕柯九思家藏《定武蘭亭》，元天曆三年進御，上御奎章閣，觀覽稱善，親識以寶而還賜之，殆五字已損本也。自宋王將明，迄元代鮮于、袁、鄧諸名家，題識皆極精妙，辨論處尤析及毫〔二〕芒。而趙承旨跋〔三〕，秀骨天成〔四〕，飄飄有凌霄之意，洵希世之珍也。

《蘭亭》聚訟，南宋已然，顧承旨嘗謂，真知書者，自能辨之，正不在肥瘦濃淡之間。殆承旨自陳其心得耳。私謂鑒書如審音切脉，知音者一傾耳而識宫商，知脉者一按指而知寒熱，門外之人，盡其智量，無從擬議也。余從事於《蘭亭》者三十年，從事於《定武》者二十餘年，年近六旬，始粗有入處。昨於查映山學使處，見元吴炳藏本，旋又獲見靈巖山人此本。隋〔五〕珠趙璧，接踵而至，殘年謭學，而翰墨緣〔六〕若此之奢，豈非一段奇事耶？頃向山人借臨數日，覺書格頗有所進，正如佛光一照，無量衆生發菩提心，益嘆此帖之神妙，不可思議也。癸丑〔七〕暮春之初，記於靈巖山館〔八〕。

校勘記

〔一〕此：題跋手跡無此字。參見臺北故宫博物院藏柯九思本《定武蘭亭》後王文治題跋手跡。下同。

〔二〕毫：手跡爲『豪』。

〔三〕跋：手跡爲『一跋』。

〔四〕秀骨天成：手跡爲『更秀骨天成』。

〔五〕隋：手跡爲『隨』。

〔六〕翰墨緣：手跡爲『翰墨良緣』。

〔七〕癸丑：手跡爲『歲在癸丑』。

〔八〕記於靈巖山館：手跡無此語，手跡爲『丹徒王文治觀并記』。

宋本蘭亭

趙文敏云，《定武》石刻既亡，士大夫往往家刻一石。顧其家刻之本，如以一燈分於衆燈，其燈既分，即具無量光明，即各照一切法界，不一不異，良由《蘭亭》爲書中寶王，故神通妙用，巍巍如是。余嘗見宋刻數本，决非《定武》祖刻，而奇古縱宕之趣，竟有祖本所弗能及者，此刻其一也。聽聲者，考《定武》於紙色、墨色，及已損未損、點畫連斷之間，然《定武》真面目，究竟未見。真鑒者，審玩於神明氣韻之内，故但是宋刻，皆可參究，而於右軍血脉，直可潛通，何論《定武》哉？聽聲之與真鑒，天地懸隔，非算數所及。此刻神明超妙，藴含無窮，安得與真鑒者共賞之？

宋搨蘭亭

《蘭亭》定武本，自薛道祖以贋易真，士大夫家刻之石極多。明東陽何氏，以得之揚州石塔寺井中者，謂之《定武》真本。其書蒼深古厚，誠非他刻所及。然直謂之《定武》，誰見之而誰傳之？終未敢竟信也。此刻五字未損，諦觀神韻，實遠超何氏之上，形體亦多有不同，字裏行間，無處不含異趣，殆目中所從未覩者。《筠廊偶筆》載，五字不損，更有棗木刻本。然此刻烏絲屈曲處，勁健如屋漏痕，字體外剛内柔，其微泐處，亦含石稜清勁之氣，殆與木刻本不同。若其奇姿密理，决非唐刻不能到，潘陋夫定爲北宋時五字未損本，不爲無見。陋夫雖非大書家，然每觀其題跋古帖，皆深中書家甘苦，迥非聽聲者可比，亦近時一真鑒家也。藥洲陳先生，海内推爲精鑒者幾五十載，近尤留心《禊帖》。適獲此本，劇賞其佳，顧與余商確，而莫敢自定。其虚懷如此，更令人生敬畏心矣。余審觀十餘日，乃從陋夫之説，仍直懸判爲北宋五字未損本。專恃目力，不倚考據，天下後世之衆，目力難誣，余何敢存秋毫愛憎取舍，及衒奇立異之見，以自欺而欺人耶？質之藥洲，必不河漢余言也。

余昔游上海，見横雲山人家藏《禊帖》，孫北海定爲真《定武》本，余疑爲道祖重刻。去年在揚州，見道祖墨跡，今又見此本，乃益信也。

《開皇》本雖是極古刻，然不逮《定武》處甚多，乃知歐、褚諸公，善傳右軍之神，陳、隋人轉不及也。陋夫跋中尤延之、王順伯云云，乃用香光跋《開皇》本語。附記之。

宋搨鼎帖中蘭亭

昔人謂辨唐碑易宋帖難。宋帖無論矣，即宋帖中《蘭亭》一種亦至難，《蘭亭》中即《定武》一種亦至難。《定武》兒孫遍滿天下，安能入海算沙，但貴賞其神韻耳。此係《鼎帖》中刻本，亦《定武》支流也。神韻與國學本相似，而墨色黝然，古香悠然，在《蘭亭》中，故當推爲佳本。

監本蘭亭

太學《蘭亭》，爲《定武》重刻最佳本。余所見太學本多矣，風韻之勝，未有及此本者。石刻雖一石，而墨本不同，觀此益信。余十三歲時，見《聖教序》，即知愛其筆趣。直至五十餘歲，始與《蘭亭》有相應處，然多是褚臨本。近年來始略得《定武》蹊徑。學書之難如此。陸謹庭云：『東陽本得《蘭亭》沉厚處，太學本得《蘭亭》風韻處。』真能書善鑒之言。

宋搨蘭亭并趙子昂臨本真跡

此卷舊爲歸愚先生所收，先生珍秘特甚，非高足弟子，弗肯出以相示。靈巖山人從學時，獲屢觀焉。厥後幾經流轉，而歸於山人。山人鑒古之識，與年俱進，所收柯九思《定武蘭亭》，甲於海內，即趙榮禄真跡，亦不可勝數，其至佳者，竟欲亂右軍之真。此卷特全豹之一斑耳。然山人輒惓惓不能釋懷者，何也？莊子云：『故園故都，見之暢然。』蓋少所習見而弗忘，人之情也，况佳書名帖，尤足怡情者乎？譬如締交遍海内，而不遺故舊，下陳充毛、施，而特重糟糠。山人用情之厚，亦即於此見其端矣。

潁上蘭亭

金壇王篛林吏部題跋古帖，自詡詳覈，然其間多與董文敏有意立異處。文敏題跋多率爾落筆，不暇詳檢載籍，而書家品韻，往往以懸判得之，所謂冥契古人，不沾沾事實也。後人即間有合處，亦不過昔人所謂善鑒不書之流，非如思翁真能書畫而深知其甘苦者可比。余嘗謂，考古之事，創始者每難，而後舉者多勝。正如武臣血戰於前，而文吏以文墨議其後，足令英雄氣短。故考據之學盛行，而天下無真學者，不獨鑒定書畫爲然也。世有具正法眼藏，得古人心印者，當不以余言爲謬。請以質之晋堂，幸有以教我。

即如《潁上》井中之説，相傳已久，篛林輩斥爲香光吊詭，因援引《楊東里集》爲據。殊不知此石未沉井時，原在人間，安知非東里時尚未沉井，而沉井後明季始出者？以此斷獄，豈不冤哉？周錫圭稱上黨本非歐非褚，似永禪師、虞伯施筆，可謂精鑒。而篛林獨謂玩其筆法，亦當是褚，顯易之處，尚不能辨，可謂眼照古人乎？跋中又毁趙文敏，以爲蒙首事元，宜其風骨猥賤。子昂熟於晋法，雖略涉甜俗，而功力之深，後世罕及，豈可輒肆輕詆耶？

按《筠廊偶筆》載此帖顛末極詳，初出井時，『類』字未損，此尚是『類』字已損本，然其精妙已若此矣。篛林考訂此帖，乃北宋時所搨。初刻拓本，毫鋩森露，試觀宋拓唐碑，尚新如脱手，何得遽有薄蝕？總之此本至佳，雖翁林目中，亦未見有二。其爲珍貴，當復何如？必以爲宋拓，轉增疑案矣。

按此本乃巴晋堂蟫藻閣所藏，爲《潁上》第一佳拓，後有王虚舟吏部十跋。旋歸試硯齋，所謂昔推《定武》，今崇《潁上》，信然。國初沈文恪臨本自跋云：『世所尚者，《定武》也。然古刻難遘，訛以傳訛，右軍逸宕之姿，幾難彷彿。余所見《停雲》、《戲鴻》、《鬱岡》諸帖，皆摹褚登善臨本，瀟灑流動，真似瑶臺嬋娟，非世間粉黛所堪比擬也。』又姜西溟先生臨本自跋云：『《禊帖》以潁上本爲最。此本至萬曆末年始出，戲鴻堂所摹，猶未是真跡。聞此石近已爲土人搥碎。或云，真本攜在定海。余嘗取得之，昨復得東陽裂本，亦《定武》之佳者，恨衰老不能學也。』此二臨本，皆已摹入《試硯齋帖》。

蘭亭續刻

《蘭亭續刻帖》，王鳳洲、董思翁諸大名家俱未之詳。《寶刻叢編》云：『共六卷，淳熙年間刻，在越州。』乃知宋刻之難考，雖博雅者，豈能盡寓目耶？往時曾於試硯齋見一册，不知其名，後有董跋。嗣於松下清齋，又見此册。其石刻題首存焉，乃知皆《蘭亭續刻》也。頃亦歸試硯齋，爰合前後裝爲二册。物聚所好，或他時又得增益，亦未可知。其書清瘦高古，與《淳化》、《大觀》另是一種風氣。余嘗謂，晋人精神，全賴宋帖以存，信哉！《吴興帖》，似是趙鷗波從之得筆者，餘則鳳洲先生評論已允。此册係鳳洲裒輯，複者、另本者并仍之，不復移動。

快雨堂題跋卷二

右軍帖八十一行

高江村所收右軍帖八十一行，今爲靈巖山館所藏。首《長者帖》，未見他本，語氣亦不類右軍，而題簽實是宋徽宗書。徽宗精鑒，自當有據。審視此帖，深得右軍筆意，而雄强之氣尚乏，以第四、五頁七帖，及後《衰老》等帖較之自見。私謂唐人無不習右軍書，其臨仿之可以亂真者，當亦不少，意徽宗愛之特甚，故直判爲右軍耶？是帖紙墨精好，爲南宋拓本無疑。而中有數帖，神妙超越，爲臨池家所難遘者，江村但以古香可愛賞之，猶未爲申於知己也。

宋拓十七帖

右軍字勢無美不臻，唐宋摹本，不過得其一端而已。然每觀一帖，必有一帖之獨勝處。此本盤曲處最勝，尤妙在盤曲處皆以正大出之。學王書易涉側媚，常臨此帖，可以不墮此徑矣。

宋刻十七帖

宋刻《十七帖》，余有藏本。後又見一本，有潘陋夫跋，爲商丘夢禪居士所收。今試硯齋此本，紙墨尤精，皆一刻也。此外《十七帖》刻本多矣，罕有及此三本者。余本是受業師柳樗巖先生物；夢禪本，今流轉吴中；而試硯齋於舊笥中檢得之，細玩乃知其與前二本無異。合三本觀之，或離或合，蓋是數十年事矣。甚矣鑒賞之難，而佳珍之不易覯也。

秦中本十七帖

法帖有備考證者，有堪收藏者，有供臨仿者。備考證者無論已，或收藏有餘，而臨仿不足，或收藏不足，而臨仿有餘，此非深於書道者，不能悉知此中差别也。是帖言收藏尚不足，而便於臨仿處，則收藏家所謂古刻古拓多不能及，宜邢子愿、趙凡夫皆愛而跋之也。矧秦中此石，近日已不復見，則此本雖略殘失，亦何嘗不可供收藏家之什襲耶？

樂毅論

虚舟二跋，横川一跋，皆能言此帖原委，余不復贅。唯是宇泰先生不惜目力，自鈎此帖，刻鬱岡齋中，以爲轉折之中，皆含異趣，實能道得此帖妙處。學書者於此二語悟入，得晉賢三昧不難。余心知之，至老未能實證也。頃於緑天對雨廬重觀，因記。

黄素黄庭經臨本真跡

黄素《黄庭經》真跡，余嚮時曾獲經眼，匆匆未及審定、臨仿。然自一見之後，數日内腕下頓去許多塵滓。此如凡夫見佛，未曾聞佛説法，而佛力加被，身心已獲悦豫輕安也。是卷臨仿黄素，尚非佳書，運筆亦不甚似。然神氣静深，結構樸拙，定是元以前人體度。前人書畫可貴處，固由功力之深，亦因時代之古。夏商之瓦缶，萬萬不逮鼎彝，然持較近日之瓦缶，則相去何啻倍蓰，况不止於瓦缶者哉？是卷今歸彭大居士，尤爲得所，故記之。

宋搨黄庭經

昔人謂右軍書不知幾經摹刻，然一望而知爲右軍書，《黄庭》、《蘭亭》尤甚。《黄庭》楷法，另有一種神氣，雖幾經摹刻，殆一望而知爲《黄庭》也。考據家或以爲非右軍書，然任其逞辨，吾總不憑，蓋於書家品韻中得之。心農先生此本，乃宋刻之至精，又係宋拓，其可寶貴，當何如耶？

此帖乾隆壬子，梁山舟先生曾爲臨一通，時山舟年七十矣。真跡已刻入《試硯齋》。

又

《黄庭經》佳本，臨池家不易得之。此帖乃《淳熙秘閣續帖》所刻石本，久已無存，致可寶也。册尾有楊大瓢二跋，林吉人一跋，張樸村二跋，其考訂與筆法皆可愛。三山主人好收藏古石刻，而所藏《蘭亭》、《黄庭》尤爲精絶。物聚所好，信哉！

玉版十三行

世傳《玉版洛神十三行》有二，一白玉本，一緑玉本，皆希遘之物。試硯齋兼得之，裝成一册，洵勝觀也。毘陵唐荆川所藏本，董文敏亟稱之，以爲晋人小楷宗極。大抵荆川本超忽縱宕，不可思議。二《玉版》渾厚圓妙，各擅其長，臨池家宜參觀之。

元宴齋十三行

《元宴齋洛神十三行》，乃孫文介公從唐荆川本摹刻者。明人所刻晋楷，唯鬱岡之《樂毅》、元宴之《洛神》，最得晋人三昧，此外不免山谷『凍蠅』之誚矣。

《試硯齋帖》中刻先生所書《十三行》，亦臨元宴本。自題其後云：『董香光小楷，直追晋人逸軌，然嘗自謂得力於《洛神》。《洛神》之妙，至頭白始略能窺見也。』

越州石氏晉唐小楷

此帖摹勒之工，下真跡一等，殆與唐人雙鈎填廓者相埒。晉賢風裁，居然可見，真世間希有之珍也。何義門先生定爲越州石氏本，手書目録於簡端，可謂愛重之至。華亭司農本，余曾見之，似尚在此本後。袁清容謂石氏帖刻於慶曆間，而《度人經》已有元祐年號，跋者遂横生疑義。安知石氏刻帖，不經始於慶曆，落成於元祐耶？摹刻如此之工，必非旦夕可成，而搜輯前人名跡，尤非一時猝辦。大抵鑒古者，必具正眼，尤貴平情，正不在矜奇炫博也。余别見石氏《曹娥碑》，與此本相似，尾有倪高士跋。文氏《停雲館》移置此跋於《黄庭經》後，而《曹娥》則又不似此刻入石，殊不可曉。豈病其有訛筆耶？余又别見訛筆本，爲吾鄉笪江上先生所收，與此本略同，而與世俗流傳本迥異。大抵不訛之本，書格反似出訛本之下。右軍帖每多訛筆，或原本如是，未可知也。毘陵唐荆川所收《洛神十三行》，孫宗伯元宴齋摹之，號稱海内名帖，今觀此本，筆勢正同，似是一石，惜未能持較耳。又《樂毅論》不終於『海』字，跋者復有疑詞。然又安知石不尚餘數行，歴久更薄蝕及『海』字，始稱『海字本』耶？此帖爲前明畢孟侯侍郎物，跋尾書記廿行，圓潤端秀，字字珠璣。余廿年前於吴門吴春渚家見之，曾爲題簽。今流轉而歸吾同年靈巖尚書。畢氏故物，經數百年，劍返珠還，良關氣數。乃余獨得屢見而題識之，翰墨清緣，信非偶然也。

越州石氏小楷

晋人風格，賴宋帖以存。余目中所見佳刻，無過越州石氏。然此本在人間者不可多得賞見。横雲山人所藏《度人經》、《清静經》，雖迥出翻本之上，然石已漫滅，似此紙墨皆精，而神情迸露，殆人間僅有之物也。

毘陵唐氏《洛神十三行》，曾以三百金質吾友趙映川家，後贖去，今弗知歸何所矣。以其爲荆川先生收藏，且得孫聞斯先生重摹行世，而何義門更張大之，是以烜赫宇宙。今觀此本，亦何多讓耶？《洛神》又有董華亭所藏本，涿州馮氏曾摹入《快雪堂》者，少遜此本，然與唐本俱是一石。今亦歸試硯齋，此齋信名書之淵藪矣。

此帖前四種皆《停雲》祖本，《曹娥》另是一本，然亦一石，其真祖本，亦在試硯齋中。末有倪高士跋，衡山上石時，移置《黄庭經》後。《洛神》則與《停雲》另一石也。

唐氏宋拓《十三行》，旋亦歸先君子試硯齋中，惜先生已歸道山，不及見矣。帖後有孫文介、董文敏跋，又文敏續書九行，汪退谷、何義門、徐壇長、陳匏廬各一跋，王虚舟二跋，皆完好如新。元宴本今已漫漶，嘗欲囑武進毛君湘渠别摹刻之，庶管一虬有替人也。

越州石氏曹娥碑

常疑停雲所刻《曹娥碑》未能免俗。今諦觀此帖，古雅淡宕，寸幅千尋，乃知待詔胸中尚未深入晉賢妙境。良由晉賢去今日遠，非夙具大慧根，不能以意逆志也。

越州石氏度人經

停雲館所刻小字帖，晉與唐都無分别。若掩其名，雖善鑒者不能一望而定爲何人書。此刻雖細如蠅頭，而體勢展拓，轉摺處全露褚法，與《雁塔聖教》諸碑一家眷屬，於此知宋刻之足貴也。

晉人小楷

余幼時曾臨此帖，朝夕弗離，蓋培風閣張氏故物也，失去久矣。今見此本，與余臨本絶似，而墨香紙色，古意盎然，則遠過之。展玩再四，如對故人。

唐明皇紀泰山銘

明皇此銘，高文典册，不數相如，其書亦不讓漢碑。竊以爲遠過《孝經》也。近世人言分隸，往往輕唐而重漢，真與耳食無異。願與知書者共鑒之。

鶺鴒頌真跡

唐代帝王書，太宗、高宗最爲卓越。《閣帖》所收太宗書頗有以高宗書誤入者。固由王著輩失考，然亦見其工妙不相上下也。明皇書，《閣帖》未收，乃其工麗若此，足知唐人重書法，帝王無不深進此道者。此《頌》詞旨靄如，微吟一過，使人增友于之愛。開元盛治，信有本歟。

帝王之書，行墨間具含龍章鳳姿，非爲人臣者所能仿佛。觀此《頌》，猶令人想見開元英明卓犖時也。後有宋二蔡跋，雖其人不足重，而書法之精，自蘇、米諸公而下，罕有能踰之者，亦可玩也〔一〕。

此書或有疑爲雙鉤者，良由未曾多見唐宋人真跡，不知古人筆法沉著、墨法豐厚之處。深知書者，詳玩自得，不待多辭〔二〕。又記〔三〕。

校勘記

〔一〕原手跡後多『癸丑暮春之初丹徒王文治』。

〔二〕辭：原手跡爲『詞』。

〔三〕又記：原手跡爲『同日又記』。

舊拓智永千文

書以右軍爲宗。余嘗謂右軍而後，分爲兩支，一支爲子敬，一支爲智永。子敬之派，在唐則歐、褚、李、顔諸家，在宋則蘇、米諸家皆是。正如臨濟兒孫，遍滿天下。智永一派，在唐則虞永興，宋惟蔡君謨而已。趙榮禄欲合之，而力有不贍。直至董香光，始出入於兩宗，而唯變所適耳。智永《千文》，世罕佳本，此本家奉常公所收，今休寧汪君心農獲之。觀此書，可以知永興之書所自出也。

化度寺碑

昔米襄陽謂歐書『真到内史』，而《化度寺》尤得内史神髓。石本在宋時已亡，明初解大紳所跋者，僅二百四十餘字。其以爲碑在南山寺邕禪師塔所，及西安府學本與此伯仲，皆未嘗確有考據也。王元美所藏有三本，一二百四十二字，一二百十九字，一四百四字。此本蓋四百四字者，或云即府學本，或云翻刻。余於此三本皆獲見之，皆神采煥發，非尋常所見之歐書也。此本墨氣過潤，不及彼二本之工，而神氣貫注處，則遠過之，斷非翻刻。其二百四十二字者，遒古密緻，與此亦異曲同工。二百十九字者，聞已歸秘笈，惜未能薈萃三本於一處而討論之。然此本之非翻刻，余竊敢爲之懸判，俟諸後世，當有知言。舊爲吴門繆氏所藏，今歸汪梅塍民部，爰識其後。

余於《化度碑》獲見三本。繆氏本匆匆借觀，見其字數較多，遂以爲萬卷樓所藏之四百四字本。頃爲梅塍所得，朝夕諦觀，細數之，得七百餘字。乃知余嚮所見者，僅王氏所藏之二百四十二字，及二百十九字本耳。此本當另爲一拓，在萬卷樓所收之外，非四百字本也。其二百四十二字本，在吾友陸謹庭家，秘不示人，余亟求觀，謹庭乃弗能却，因取以同較。見其摹拓甚精，而剥蝕處，彼此互異，似非一刻。蓋陸本古茂，此本空靈，各據其勝。而此本一氣貫注，神采飛動，躍然於紙墨之外，斷非翻刻所能。意者王氏所藏三本，皆宋之能手重刻，而此本乃真唐拓乎？昔董文敏見宋刻《李秀》、《雲麾》，嘆爲希有，刻之《鴻堂》。後重見唐刻，又題云『雲霞變滅，金鐵森翔』，而不復追論前碑之僞。非自護其短，以前碑奇古高秀，亦自可傳也。余於古帖，專取眼照前人，不倚考據，雖懸判處或有舛訛，而真僞自是分明，優劣亦復不昧。請以俟諸後來之真鑒者。

以上二條，及《孟法師碑跋》，先生爲誼叔父十庾公作也。公號梅塍。陔蘭書屋所畜古書畫，亦多先生審定。

又

古人謂《化度》勝《醴泉》，説殊可參。余向見數本，或字多而摹拓不精，或摹拓精而字數太少，此本兩得之。稚書前輩跋，考訂已詳，不復贅。然謂是斷後合拓，細審之，略無合并形跡，當仍是宋初拓本。癸丑暮春之初，靈巖山人出以見示，因記。

又

吳門陸孝廉恭，字謹庭，所藏《化度寺碑》致佳。前明上海陸子淵詹事跋云：『率更書《化度碑》爲最精，此帖剥泐殘缺之餘，故自焕發。今藏徐侍讀處。陸深題。』共廿九字，醇古沉厚可喜。〔一〕余童時學歐陽《醴泉銘》，以爲全從右軍《黄庭》、《像贊》得筆。質之塾師，塾師莫敢應。及見米元章評歐陽〔二〕『真到内史』之語，私幸少時所見不謬。蓋唐初諸家學〔三〕右軍，皆能傳其神而變其貌〔四〕，非〔五〕率更變之甚，乃似之甚耳。近時善學歐書者，惟何義門先生。然蠅頭書至妙，纔過徑寸，即未免癡凍蠅〔六〕。王、蔣諸人繼之，沿而益甚〔七〕，并疑〔八〕未見此種碑版也。然八識田中，非〔九〕夙具書家正法眼藏，雖日對此種書，亦復不契。如前明陸子淵先生，庶幾得法眼者。〔一〇〕

校勘記

〔一〕以上文字，原手跡無。陸深原跋手跡爲：『率更書《化度碑》爲最精，此帖剥泐殘放之餘，故自焕然。今藏徐侍讀。陸深題。』旁有王文治旁批一條：『陸子淵先生書法開董思白之先路，沉厚古雅，即此數行可見一斑。文治記。』參見一九八六年文物出版社影印《唐歐陽詢書化度寺碑》。下同。

〔二〕歐陽：手跡爲『歐陽書有』。

〔三〕學：手跡爲『皆學』。

〔四〕皆能傳其神而變其貌：手跡爲『而變其貌』。

〔五〕非：手跡爲『惟』。

〔六〕癡凍蠅：手跡爲『癡凍蠅矣』。

〔七〕此句手跡爲：『厥後王澍、蔣衡俱學歐書，鄙穢枉劣之態，無所不備。』

〔八〕并疑：手跡爲『疑伊輩』。

〔九〕非：手跡爲『未能』。

〔一〇〕手跡後另有王文治款識：『乾隆庚戌中秋，客吴門獲觀謹庭學丈所藏「化度寺碑」，因記。丹徒王文治。』

又

《化度寺碑》，余平生遂有三本，皆爲跋尾，惟繆氏本歸汪氏者，更一再跋之。今此本乃在余所見三本之外，既非解大紳所跋之本，又非萬卷樓所藏之本。顧其神韻之佳，亦復迥出尋常蹊徑外，非世間易覯物也。米元章稱歐陽書『真到内史』，正指此種。竊恐《醴泉》尚隔一塵爾。此書之作，當在《醴泉》之前。《醴泉》於右軍老子習氣掀翻殆盡，直是漢人隸法。此書猶有一分右軍窠臼也。然正惟留得一分右軍窠臼，而神韻轉勝，見此書如見右軍焉。大抵顔、柳諸家，皆欲擺脱右軍窠臼，以自立家，而其擺脱不盡處，能令吾輩學徒，得間而入。《醴泉》字體較大，故用漢碑法。《化度》字體較小，故參用右軍楷法。此又書家移步换形之妙。五百載後，當有首肯余言者。

又

余於吴門見宋拓《化度寺碑》三。其一字數最多，而拓少漫漶。其一字數最少，而拓極精工。此本則字數較極精工者爲多，較漫漶者爲少，而拓手則在精工漫漶之間，皆罕有之珍也。余足跡幾半天下，收藏之富，終在東南，而碑帖則吴中極盛。春臯居士，博雅好古，出此見示，因爲識之。

快雨堂題跋卷三

宋搨醴泉銘

歐陽書以險絶爲平，以奇極爲正，徒賞其端凝，乃形骸之論也。高麗貢使欲見歐陽，太宗不許，曰：『彼觀其書，以爲魁梧奇偉人，非知書者。』正是此意。觀宋拓本，其奇險處，自可尋繹，但須明眼耳。

歐陽書結體之古拙自漢隸，用筆之遒媚自晋賢，米南宫乃其入室弟子。近時學者，惟何義門先生絶肖，王、蔣輩，真米公所謂尫劣者耳。

又

初唐歐、褚諸大家碑版，皆從右軍得筆。所以烜赫古今，能自立家，絶不寄右軍籬下者，以其深入秦漢篆隸之法，於蠶叢鳥道中，另開生面也。信本至晚年隸法更深，故《醴泉銘》尤著。今石已漫漶，此北宋精拓，人間有數物也。

歐陽書三種

米元章贊歐陽書云：『莊若對越，俊如跳擲。』合二語觀之，率更書格可見。書家以險絶爲奇，率更尤甚。必謂應制之作，更加經意，未免以近時館閣風氣測量前人。太宗賞率更書，何待其經意耶？癸丑春，余客武昌，靈巖山人一日出所藏宋拓《虞恭公》、《化度寺》、《醴泉銘》三種見示，正如趙璧隋珠，殊難甲乙。蓋書家如率更，乃初唐第一人，隨處示現，皆成妙諦。而諸帖同中之異，異中之同，非真師子奮迅三昧者，未可與言。山人慧業最深，請下一轉語。

虞恭公碑

書之爲道，有骨有肉有血。石刻之妙者，皆傳骨肉，兼能傳血，此惟唐刻能之，然亦必搨手偶得之，雖佳刻精拓，不能每本皆然也。此刻妙能傳血，所以爲佳。余嘗另見一宋拓本，較此本明豁特甚，定前此本數十年，然有骨有肉，而血或少遜。因嘆此本之妙，迥出尋常。香葉主人其寶藏之。

孟法師碑

余聞吴中繆氏藏有褚河南《孟法師碑》舊矣，云此碑是鳳洲先生萬卷樓故物，世間僅此一本，藝林至寶也。後於一收藏家見之，售者謂即繆氏本，然私心頗不愜，以爲决〔一〕非河南書，名雖重，價雖昂，難逃鑒者之目也〔二〕。頃來吴門，聞汪十庚郎中新從繆氏購得此本，亟索觀之，則古趣幽光，洋溢紙〔三〕墨之上。而結字之樸拙，用筆之沉摯，全從秦篆漢隸而來，迥非尋常蹊徑。奇哉，真〔四〕世間所未有也！乃知向者收藏家所購本，蓋爲人所紿耳〔五〕。若不見真，豈能識僞？獨書法也哉〔六〕？或以此碑與《雁塔聖教序》較量書時先後，以分優劣〔七〕，似非知言。《聖教》空明飛動，此碑古拙幽深，各有所長，未易軒輊〔八〕。大抵書家作書，不專一體〔九〕，若千篇一律〔一〇〕，便是脱壍。大書家固如是耶？〔一一〕

校勘記

〔一〕决：據上海書畫出版社影印版《褚遂良孟法師碑》，手跡爲『决定』。下同。

〔二〕也：手跡無此字。

〔三〕紙：手跡爲『楮』。

〔四〕真：手跡無此字。
〔五〕所紿耳：手跡後多『嗟乎』二字。
〔六〕獨書法也哉：手跡後多『嘉慶五年庚申冬十月朔日丹徒王文治』款。
〔七〕以分優劣：手跡爲『欲分軒輊』。
〔八〕軒輊：手跡爲『輕議』。
〔九〕體：手跡爲『格』。
〔一〇〕一律：手跡爲『如一』。
〔一一〕手跡後另有『文治又記』款。

宋拓聖教序

此宋拓本，神韻俱在，洵堪臨玩。今爲望湖主人所藏。望湖以繡閣賢媛，具文人慧業，裁詩之暇，復好臨池。得此佳帖，日夕觀摹。簪花妙格，當不令晋代獨擅其長也。

又

《聖教序》遠遜《蘭亭》，然臨池家必不可不從之人手。以《蘭亭》字太少，當與《聖教》參觀，乃盡其變也。《蘭亭》多佳本，《聖教》惟一石，且非宋拓不可。余見宋拓甚多，正如鷗波跋《蘭亭》所謂，石刻雖一石，而墨本輒不同。此本真宋拓，雖墨氣太濕，又另具一種風味。請質諸墨卿。

又

《聖教序》在宋時烜赫極矣。自明董文敏有懷仁自運之説，於是書家各有異議，至有貶之過當者，究非公論也。有唐一代行書，皆從《蘭亭》入，然《蘭亭》字少，輔行者其《聖教》乎？《聖教》宋拓之在人間尚不少，然急而求之，雖重貲亦不易得。此本前一二葉紙色略黝黑，後半愈有神采，真佳本也。邢子愿跋亦有别趣。

宋搨雲麾碑

昔人評李北海書病在欹側，似專指此碑而言。《李秀碑》已不甚欹側，《岳麓》則不動如山矣。私謂唐太宗評右軍書，以爲『鳳翥鸞翔，勢如斜而反正』，正欹側之謂也。子敬妙傳字法，而欹側尤甚。北海全從子敬得筆，仰契右軍，張從申之不及北海，正在不欹側耳。以荒率爲沉厚，以欹側爲端凝，北海所獨，尤《雲麾》所獨。古人論書，有不盡可憑者，此類是也。董文敏評《李秀碑》所謂『雲霞變滅，金鐵森翔』，則另一境界，然亦未始不相通耳。至此本之的係宋搨，王帶存言之已詳，不復贅。

又

李北海書，全從憲侯得筆，而《雲麾碑》尤爲縱宕，其鋒勢欹側處皆有異趣。後世深入其室者，宋有米元章，明有董玄宰，皆借其徑以達於憲侯，而仰企内史。書家關捩，其在茲歟？此本毫鋩轉折猶在，可收也。

宋搨岳麓寺碑

此帖乙未歲余見於西安撫署中，蓋竹癡山人物也。越十九年癸丑，而復見於武昌制署中〔一〕，則竹癡又貽其令兄靈巖公已〔二〕。靈巖、竹癡，皆具精鑒，皆寓意而不留意，乃烟雲往來〔三〕，聽其去留。顧余於數十年間〔四〕，屢獲見之，豈非殘年之翰墨緣耶？因再題志幸。又《李秀》、《雲麾〔五〕》二種，皆竹癡物，亦神品也，今亦流轉他人矣，并記。

校勘記

〔一〕中：手跡無此字。參見上海書畫出版社影印版《李邕麓山寺碑》。下同。

〔二〕已：墨跡作『矣』。

〔三〕乃烟雲往來：墨跡作『烟雲來往』。
〔四〕數十年間：墨跡作『數十年來往之間』。
〔五〕雲麾：墨跡作『雲麾碑』。

又

北海爲有唐書家之冠，深得二王精髓。當日所謂碑版照四裔者，今多失之，惟《岳麓》、《雲麾》最爲烜赫，而《岳麓》漫漶尤甚。此册完善可愛，應是明以前搨本。昔人謂北海如象，觀此帖氣骨峥嶸，如泰山卓立，覺馴象巍然，宛在目前也。

唐搨李元秀碑

董文敏鴻堂所刻，乃跋語中所謂全文可讀者。不見此本，烏知彼本之爲宋刻？甚矣鑒古之難也。

董公初見宋刻本，已定爲唐搨，且云趙集賢猶在門外。余見之，亦詫爲得未曾有。及觀此帖，竿頭更進矣。馬之駿仲良題云：『金鐵森翔，烟雲出没。』真能狀此碑之妙。

『金鐵森翔』八字，前《化度寺跋》中，以爲香光語，蓋董自襲用馬氏耳，非先生筆誤也。

靈巖寺碑

余垂髮時，即喜李北海書，然所見者不過《岳麓》、《雲麾》二碑，及《淳化》中《三數日帖》，《星鳳樓》中《縉雲》三帖而已。餘皆重摹本，殊不足觀。近年始見《李秀》、《雲麾》二種，嘆爲得未曾有。今復於陸謹庭孝廉處，得見此碑。因識北海每作一書，必變一體，神通變化，與右軍正同。香光稱右軍如龍，北海如象，以今觀之，又何象之非龍也歟？

多寶塔

稼門太守所弆顔書《多寶塔》，乾隆戊申仲夏十二日，出以示予。予惟顔行出没變化，開宋代書家無量法門，然其原仍自右軍來也。至其楷書，則純以秦篆漢隸運用右軍，所書碑版，亦不名一體。惟《多寶塔》乃其中年之作，清妍豐潤，其脱胎右軍處，尚有形迹可求，故學者多藉之入門。大凡後人之學古人，非徒學之而已，必學古人所學之古人，尤必學古人之所以學古人，少陵所謂轉益多師是也。《多寶塔》宋搨絶少，此本尤宋搨之至精者，沈雲椒司馬已言之，兹不復贅。抑此帖乃靈石人收之京師質庫中，直四十千錢，無人售者，携歸靈石，公與之原直購之。神物之所歸，固必待其人耶？公之同里章淮樹觀察，素愛顔書，曾以四十萬錢購一帖，與此帖正同，册尾亦王虚舟跋，余曾爲臨一通云。

朱巨川告

此帖祝枝山以爲宋高宗摹刻，當有所據。而高江村親見内府所藏真跡，與此帖無毫髪異。今觀此帖神采奕然，毫鋩轉折之間，如新脱手者，誠致佳本也。文氏《停雲》即以此重摹上石，亦復精神迸露。此帖及《停雲》全石，今皆歸靈巖山館矣。

大字麻姑壇記

《麻姑壇》小楷，傳刻極多，大書竟不可得。此宋搨本，乃絶無而僅有者。右軍每作一書，輒變一體，略無重複。此非有意爲之，乃筆端造化，隨時所適，故論書者比之於龍。魯公亦然。魯公碑楷體最多，楷體變化，較行草尤難，非深得右軍之髓者不能。此碑淡逸之氣，在筆墨谿徑之外，與顔書别種特異，尤可寶也。癸丑暮春，記於武昌節署之澹寧軒畔。

麻姑壇記

孫北海謂《麻姑壇記》有三種，一大書，一蠅頭書，一此種也。蠅頭書傳刻甚衆，大書世間罕傳，余獲見宋搨。此種今始見也，完醇古厚，學顔書者當知之。

《試硯齋帖》有先生所臨魯公《中興頌》，亦作縮本，字僅半寸許，自題其後云：『頃見宋搨與近本迥異，臨仿數過，不能似也。』

不空碑

徐少師書爲唐時館閣名家，朝廷制誥，多出其手，一時有怒猊抉石、渴驥奔泉之目。宋米元章於唐名公多所譏彈，獨於少師無遺議，且東坡亦習其體，蓋其見重於當時後世，不在褚、顔下也。《不空碑》本完好，而此本摹搨尤精，治日夕臨仿有年矣。淮樹太守，鑒古有特識，而兩郎君年未弱冠，書法皆精，因割愛贈之，欲使此帖得所也。

懷素千文真跡

右軍草聖之室，自唐以降，罕有能入之者〔一〕。顛張、醉素，皆從右軍出，而加以怒張狂怪〔二〕，論者病之。然素師獨得右軍淡處〔三〕。右軍草書，無門可入，從素師淡處領取，殊爲得門。此意董香光屢發之，惜知音者希也。是帖晚年之作，全〔四〕以淡勝，展玩一過，令人矜躁頓忘。靈巖山人所收唐宋名跡極多，當以此爲第一。余獲借觀，亦餘年之大樂事云〔五〕。

校勘記

〔一〕罕有能入之者：原迹爲『罕有能入及之者』。參見一九八四年上海古籍出版社影印《懷素小草千字文》。下同。

〔二〕而加以怒張狂怪：原迹爲『而加以狂怪怒張』。

〔三〕然素師獨得右軍淡處：原迹爲『然素師得右軍淡處，獨勝餘子。』

〔四〕全：原迹爲『純』。

〔五〕云：原迹爲『也』，并且後多『癸丑暮春丹徒王文治記』款。

景教流行中國碑

吕秀巖書，此碑乃趙榮禄所最得力，於唐人書中，别有清和秀潤之致。碑中字畫細瘦，鋟刻不深，而陝人摹搨草率，往往失其神理，以故佳本絶少。余游西安時，同年畢秋帆開府陝西，於古碑多所釐定，此碑移置金勝寺，築屋藏之，令方丈經管，外人不易摹搨。余搆佳手精搨數本，裝池既成，覺較舊本轉勝。

唐搨郎官壁記

右張伯高真書《郎官壁記》，寓簡澹於洞精，含姿制於樸拙，脱去右軍習氣，亦復不似虞、褚諸公。董文敏晚年書所謂掀翻窠臼者，細玩之殆全從此帖得筆也。鴻堂所刻，云自王敬美家，今帖尾無王氏題識，然爲靈巖山人所收，豈猶然太倉故物耶？帖中字畫，毫鋩悉備，如新脱手書，非唐搨不能如是。『綱』作『剛』，『榮』作『縈』，似屬筆誤。《鴻堂》則改易之。私謂隸書大變小篆，僞體極多，唐人書多用隸體，或有所本，亦未可知。我輩去古千年，似未可輕議也。鑒古者能洞悉其用筆之妙，一切疑端，自然冰釋。山人綜理庶政，最爲平情，考古何獨不然。

周孝侯碑

《周孝侯碑》若果係右軍書，何以唐宋諸名家都不言及？余曾見數本，率粗獷不足觀，因一笑置之，不復介意。頃來武昌，靈巖山人忽以此本見示。氣息深古，點畫精詳，唐賢佳處，無不備具，而尤近虞永興《夫子廟碑》、張伯高《郎官壁記》，豈右軍真有此碑耶？文中『虎』字缺筆，『葉』皆作『苿』，不書『世』字，抑唐人擬爲之耶？唐人碑版，舊搨者在今日已貴如拱璧，何必兩晋？靈巖山人好古善鑒，故名書畫多歸之，然輒隨手雲散，曾不吝情去留。今幸得一觀，聊存數語於後，以記吾曾見云爾。

此碑明人已力辨其僞，王琴德先生以碑末元和六年之序編之，故次此跋於《郎官壁記》之後。

唐人書律藏經真跡

乾隆三十九年甲午，有持此卷求售者，以爲趙榮禄跡，余心知其爲唐人書，亟購之。何以知其唐人也？余向於座主大司寇秦公處得覩《靈飛經》真跡，即董文敏所鑒定〔一〕爲鍾紹京書者也。嗣於鄭君炎〔二〕處，覩蜀相王鍇書《法華經》。經舊藏成都古塔中，塔圮而經見，見者分裂〔三〕持去，鄭君官蜀〔四〕，故得分〔五〕十數頁，同時有顧助教鎮亦得之。余有詩紀其事，編《丁香館集》。此卷書格在《靈飛經》〔六〕之下，而迥出《法華經》〔七〕之上，其神采氣韻，則與二帖大略相同，故斷其爲唐人也。董文敏嘗謂書家品韻，可望而知，余最服膺其言。蓋所謂真鑒者，不藉史書雜録之考據，不倚紙絹印章之證助，專求品韻，自得於意言之外。及證之考訂之家，瘁心勞力，辨析於僻書秘記、紙色墨色之間者，究未嘗不合，時或過之。余持此論久矣〔八〕。己亥，余客杭州將一載。商丘陳公藥洲〔九〕，與余弱冠時爲同年友，繼又重以姻親，所謂交且厚〔一〇〕者，莫踰於此。去年以轉運自閩移浙，暇日相與過從，論訂〔一一〕古今法書名畫，或各出所藏，更相質難。藥洲〔一二〕之鑒訂書畫，確有特識，非徒求之於形貌間者。余閲世五十載，獲交當代之賢人君子不一而足，精鑒如藥洲，未之遇也。一日，藥洲自言生平見法書甚多，特未見唐人小楷，余謂：『虞、褚之跡，世不多有，若唐經生書，則余家有之。』藥洲驚喜，必欲一觀，因遣信至京口取至。藥洲一見，携之而歸，索之則不肯出矣。先是，余與藥洲約：『此卷甚長，公如見愛，可割一半〔一三〕相贈。』至是，藥洲欲全得之，以爲一加割截，恐離之則兩傷也。余於書畫，烟雲過眼，曾不恡惜〔一四〕去留，然深懼此卷去，而臨池無所仿效，老年書法，將日益退，未免生桑下之戀。一日藥洲忽遣使持此卷及書來，曰〔一五〕：『唐人真跡，古趣盎然，令人心醉。屢欲攫取，於義不合〔一六〕，謹奉還，幸勿示他人也。書畫本韻事，其間直道存焉，人品係焉，某今兩得之。』余思古來收藏家，往往不免巧偷豪奪之病，賢如蔡君謨，尚用〔一七〕商於六里之說，况其他乎？發書披卷，深服藥洲克己之學，度越古人萬萬矣。亟命工割截爲二，上之〔一八〕藥洲，以踐前約。兩卷之首，皆有『爾時世尊在王舍城』，一說淫戒，一說盜戒，若本來應分〔一九〕兩分者。他日兩家子孫，各收其一，使知吾輩〔二〇〕之交情氣誼如此，自是佳話，且爲千古收藏家增一重公案也。卷末嚴道甫侍讀跋，并以奉公。跋中所謂畢中丞藏唐臨右軍《瞻近》、《蜀人》二帖，曾持與此書反覆比較，味其品韻，亦是一家眷屬，故附識之。道甫號善鑒，專以考據精博爲事，又非余之所能及也。〔二一〕

校勘記

〔一〕所鑒定：原跡（見史樹青《清嚴長明王文治諸家跋唐人寫經卷》，《收藏家》一九九七年第三期，下同）作『鑒定』。

〔二〕鄭君炎：手跡作『鄭君琰』。

〔三〕分裂：手跡作『各分裂』。

〔四〕鄭君官蜀：手跡作『鄭君時官蜀』。

〔五〕得分：手跡作『分得』。

〔六〕靈飛經：手跡作『靈飛』。

〔七〕法華經：手跡作『法華』。

〔八〕余持此論久矣：手跡作『余之持此論也久矣』。

〔九〕商丘陳公藥洲，手跡作『藥洲陳公』。

〔一〇〕且厚：手跡作『且舊』。

〔一一〕論訂：手跡作『論定』。

〔一二〕藥洲：手跡作『公』。其後皆如此。

〔一三〕割一半：手跡作『割半』。

〔一四〕惜：手跡作『情』。

〔一五〕曰：手跡作『書曰』。

〔一六〕不合：手跡作『不可』。

〔一七〕尚用：手跡作『尚有』。

〔一八〕上之：手跡作『上之於』。

〔一九〕應分：手跡作『應本分』。

〔二〇〕吾輩：手跡作『吾二老』。

〔二一〕手跡後還有署款：『乾隆四十四年歲在己亥冬十月旬有二日丹徒王文治。』

唐人書經真跡

宋内府不收唐經生書，以其乏書家格韻耳。然沿至今日，去唐愈遠，即得唐人俗書，亦成法物矣。余嘗蓄有唐書《四分律》二卷，分一卷與陳望之中丞，自留一卷，筆法高古，疑爲鍾紹京書。目中所見唐人書經，自《靈飛經》而外，無有過此者。是卷乃大概經生書，然結撰圓匀，用筆純熟，宋以後斷不能到，亦可想見唐於書道之深也。

快雨堂題跋卷四

蘇東坡種橘帖真跡

宋四家書之學晋唐，皆不從蹊徑而入，坡公尤勝。蓋蔡、黄、米三家，猶以書爲書，坡公則直以公之氣節文章爲書也。公書傳世者最少，寸縑尺幅，貴如珙璧。而此帖又公極得意筆，蒼勁古厚之氣，發諸胸襟，達諸紙墨，於天真爛熳中，冥符右軍、大令、北海、平原諸賢矩矱，豈非神物耶？靈巖山人幼習公詩，及撫關中，獲公畫像，每歲值公生日，設醴祀之，名宿題詩者幾遍海内。頃又移節楚疆，又公留五年地也。余嘗爲山人題公《天際烏雲帖》云：『香花歲歲祀髯翁，秦塞商墟遍采風。酬得驪珠三百顆，仙靈知尚在人中。』《烏雲帖》蓋三百零六字也，豈知山人早已收此帖，則三百驪珠，猶其次焉者耳。此帖中有『買園陽羨，種植柑橘』之語，以其在洞庭上也，且欲取屈子《橘頌》之意，作楚頌亭。而山人方節制楚疆，輿人之頌，洋溢於瀟湘雲夢間。至山人靈巖之園，較諸陽羨，尤近洞庭。他日植柑橘三百本，作楚頌亭其上，既酬楚人頌禱之懷，又紹坡公未竟之志，洵足爲千秋藝苑中增一美聞歟。乾隆壬子，余再訪山人於楚中，山人出此帖見示，爰誌數語於後。

誼按，翁覃溪先生爲先君子跋柯丹邱書卷云：『與余所藏《烏雲帖》敬仲跋尾相類。』是此帖未歸靈巖山館前，曾入小蓬萊閣矣。

東坡帖

東坡與陳述古詩云：『去年柳絮飛時節，記得金籠放雪衣。』似正指此事也。而自注乃云：『杭人多以放鴿爲太守壽。』其殆有畏於衆多之口，故諱之云爾耶？觀此三詩，倜儻超妙，雖名手猶難之，營妓中豈有此才？想出東坡潤色耳。然古人風流高致，於玆略見矣。

《試硯齋帖》刻先生所臨王僧虔《雜事》、《南臺》二帖，有自題云：『世謂東坡書得筆於王僧虔、徐浩，由今觀之，得筆於僧虔較多也。』帖中又有《臨蘇文忠祭黄幾道文》，大楷徑寸許，評者以爲神似。

米海岳方圓庵記

宋人書唯米海岳得右軍之髓，然病其颷疾無含蓄。此記縱宕中備極含蓄之韻，雖大令亦不是過。尤喜搨手甚精，下真跡纔一間耳。嘉慶二年秋，此帖歸孫婿汪詒成。册尾沈寄寄居士跋，頗能抉出米書旨趣。周而衍所見止此，乃以此測量米書，如窮措大偶得肉食，便大嚼以爲美味，豈知世間有五侯鯖耶？

紹興米帖

紹興御刻米書，幾與真跡無辨。余所見不下十餘種，然無一複者。此本墨色黝黑，古光照人，不易得也。

鳳墅帖第十二卷米帖

胥燕亭明府以所藏《鳳墅帖》米書見示，元氣淋漓，龍虎變化，幾與真跡無辨。米書墨本，自紹興御刻而外，僅見此帖。米公真跡，流傳世間者既少，即此帖亦豈易覯？余留之案頭，取紹興刻同玩數日，臨仿十餘過，乃歸之。

清芬閣米帖

味陳中丞性愛米書，凡米書佳者，精爲摹勒，名曰『清芬閣米帖』，刻至四卷，意孜孜猶未厭。古來刻米帖者，其精且備，莫逾於此，信可謂米書之集大成矣。治嘗以禪喻書，謂右軍爲如來禪，唐人爲菩薩禪，宋人爲宗家禪。米公者，其宗家之六祖乎？六祖外示椎魯，掃盡義學，唯於正與麽時，痛加錐劄，接引最上根人，根器少鈍，未有不望而却走者，而一花五葉，家風因之大振，其如來之第一龍象乎？米書奇險瓌怪，任意縱横，晋人之風韻，唐人之規矩，至是皆無所用之，而一往清空靈逸之氣，與右軍相印於毘盧性海中。正所謂般若如大火聚，無門可入者，以塗毒鼓作醍醐漿，用貪嗔癡爲菩提種，自非夙世真大慧根人，何能領受哉？不能呵佛駡祖，不可謂之禪；不能駕唐軼晋，不可謂之書。米公於右軍得骨得髓，而面目無毫釐相似。欲脱盡右軍習氣，乃爲善學右軍。此理吾儒亦有之，所謂反經合道是也。中丞以具足心得無礙智，故於米公紹述右軍處，直下諦當，宜其愛之篤而刻之勤矣。

張樗寮華嚴經真跡

張樗寮書，人知其師米海岳，而不知其出入於有唐歐、褚諸家。樗寮生平，多以翰墨爲佛事。《金剛經》曾見真跡二本、石刻一本，《法華經》曾見真跡數卷、木刻全部，乃華嚴海藏，又復累書不一書。其於文字布施，可謂精進頭陀矣。治究心梵典有年，而未能書成一部全經，真乃慚愧無地。是册爲祝芷塘太史贈吾雷峰者。雷峰將自京師歸蜀，三千里外，乞余題跋，并乞蓮巢書籤，余爲校訂而歸之。册後仍有一頁半，乃《升夜摩天偈贊品》之文，闌入《二法界品》後，殊覺倒置，余乃取而有之，且將橅勒諸石，以公同好。明告雷峰，不欲犯盜戒故也。

樗寮法華經真跡

以書作佛事，唐人中鍾紹京極多，宋元以來，則趙鷗波、張樗寮二公爲最也。樗寮《華嚴經》蓋數部，余所見皆其散佚者。《金剛經》，則經眼者已三部。此《蓮花經》第三卷，必有全文，亦散佚耳。靈巖山人將分乞今世善書之家足成之，誠盛舉也。《蓮花經》爲佛末後所説，天台標爲圓宗。書經功德，曷可稱量哉！

朱子書真跡

朱子百世之師，手跡所在，人人起敬。徐壇長所録諸跋，詳哉言之，兹不敢復贅。惟是知歸居士，購得此卷，即以見示，治方獻疑，頃至吴門再觀，始定以爲真。尤深服居士跋語，所謂神明之際，冲然粹然，評騭精當，非實有諸己見弗及也。治之不敢人云亦云，亦敬慎之一端，且以見賞鑒古跡，良非易事云。

趙承旨待漏院記真跡

右趙松雪《待漏院記》真跡，乃絹書長幅疏爲册子者。興到疾書，用筆有太阿剸截之勢，而委蛇轉側之致自在，較之蘇、米諸公，别有一種格韻。良由松雪深於大王及李北海法，沉浸穠郁，隨處發見。元代書家如林，獨推松雪爲冠冕，正以此也。余少時不甚愛趙書，病學之者易得其皮相，爲可厭耳。十餘年來，始知真趙書之妙，應規入矩，而天真披露，與世俗流傳墨刻迥異。聊識於此，以質之海内之真知書者。

趙承旨詩帖真跡

趙書贋鼎極多，此帖又一往俊逸之氣，與天冠山詩同一筆意，故是真跡，可收也。余見鷗波真跡多矣，真與僞之辨不待言，難其致佳者耳。嘗見《定武蘭亭》後一札，深入右軍三昧，又貫休《應真圖》後一跋，絶似歐陽信本，皆趙書中奇特之作，附識之。

趙承旨六札真跡

趙松雪書，盡得右軍形質，率爾落筆，無不畢肖。其婉麗處，正如絶代佳人，迥立於紅樓綺閣中。世人罕見真跡，遂常有贋趙書在其心目中，宜學趙書者凡骨之難抉也。此帖舊爲虞山蔣氏所收，今歸吾竹癡道人，可謂得所。

趙承旨四札真跡

書法至宋人，可謂盡其變矣。然末流所屆，不無狂怪怒張之弊。元子昂出，一洗舊習，獨領清新。同時虞、揭諸公，未嘗不能凌轢之、吐棄之，然而不得不服膺之者，以其秉右軍成法甚深，應規入矩，而一種恬和之氣，令人意消也。窮則變，變則通，通則久，雖詩與書畫，無不類然。子昂書贋鼎甚多，此四札的是真跡，善鑒自能辨之。董文敏熟裏生，趙文敏熟裏熟。

趙承旨七觀

赵承旨書，由唐入晋，往往法勝於趣。此刻端雅處全是唐法，而沉厚峭勁處，則《樂毅》之精華也。近時學趙書者，但於姿制求之，去之遠矣。重刻本單弱欹側，脚根立不能定，乃世猶争相仿習，可憫也夫。

柯丹丘上京宫詞真跡

書法至元人别具一種風氣。唐之宏偉，宋之險峻，洗滌殆盡，而於中和恬適之致，有獨到者。丹丘書體，仿效率更父子，力求勁拔，乃一望而知爲元人書，時代爲之也。然以恬和作歐陽書〔一〕，自是後世所不能到。此《宫詞》尤爲工雅密緻，良可寶也。試硯齋所收元跡甚多，正不可少此一種。〔二〕

校勘記

〔一〕歐陽書：手跡爲『歐陽氏書』。據美國普林斯頓大學美術館館藏柯九思《上京宫詞》手跡。下同。

〔二〕手跡後另有款識：『嘉慶庚申陽生後一日，王文治。』

元人書悟真篇

張平叔《悟真篇》，近體詩十六首，絶句六十九首，古詩一首，書格妍勁，爲元人真跡無疑。後署款二行，山舟前輩以爲筆意不類，爲後人所補，此不待言。以愚觀之，并非紫芝筆，乃張伯雨書也。書家品韻，望面可知。辨古人書，當於精神中求之，形貌之似，已落第二義。若紛紛考證年月事跡，相與鬬諍，去之更遠矣。余行篋中適携有伯雨《胎仙閣記》大楷書，較此殊加蒼勁，性情則相同耳。紫芝書全以拙樸勝，此性情大不相類也。竊謂後半《西江月》詞，割去已久，作僞者以意爲之，補署紫芝款耳。《西江月》詞，當仍在世間，若得見伯雨署名，始知余言非妄。

快雨堂題跋卷五

明仁宗御札

余嘗見唐明皇《鶺鴒頌》真跡，暨宋徽宗、高宗廟跡。竊謂古帝王書，功力不必甚深，自有一種函蓋一切氣度，珠庭日角，天骨開張，非臣下所能彷佛者。此明仁宗諭蔣太醫札，計九紙。仁宗賢主，而書法亦佳，册尾有董文敏跋。跋中所云得虞永興、李北海之致，乃書家入室之談，非尋常頌揚虚語也。文敏此書，亦在其力追北海時。

楊文襄十二札

壬子之秋，舟過皖城，周眉亭方伯留飲署齋，出楊文襄公與曹總戎十二札見示。卷尾洪穉存編修博采《明史》，與札中之詞互相考證，至詳且悉。且謂撫臣與鎮臣和，故所嚮輒有功，至比之諸葛忠武之於趙順平，杜平章之於高太尉，洵爲深明治體之論。治又何能復贅一詞？唯是文襄公籍本滇中，僑居京口，方伯與治皆鄉里後學也。方伯守吾郡時，親詣文襄之墓，修其荒蕪，增其封植，於鄉之前賢深加敬禮焉。今乃獲其手跡至十二札之多，豈文襄之靈，以此報公耶？文襄此札，意不在書，而天真流露，忠義凛然，殆與顔魯公《論坐》諸帖同其旨趣，尤可寶也。

祝允明金剛經

董文敏云：『唐世書學甚盛，皆不爲釋典所用。至宋蘇、黄兩公，大以翰墨爲佛事。』今觀祝允明所書《金剛經》全部，楷法直逼晋人，豈惟墨林至寶，抑亦法藏奇珍矣。昔蔣一先跋祝書，謂其天姿娬媚，正如絶代佳人，動輒成妍，無可摹仿；又謂希哲之翁，不欲令其見近時人書，恐沿弱格。則淵源自深，宜其遊晋人堂奥，當代莫與抗衡也。此册爲鄭三雲太守所藏。三雲工詩擅書，浙東名士，久知余名，而未獲一晤。頃以公事過京口，劇談歡甚，留飲彌日，出此見示，爰誌數言於後。

祝允明宫詞

有明一代，善楷法者，董文敏而外，祝枝山、王雅宜而已。無論二沈學士未脱俗氣，即文待詔亦板滞少筆趣，去古人尚遠也。枝山深於鍾書，而此卷多用唐法，自是世間精品。宫詞當以花蕊爲冠，王建次之。枝山獨謂岐公有富貴氣象，亦另具賞鑒者。

京兆楷書《王岐公宫詞》長卷，試硯齋舊藏也。又京兆爲文休承書《古詩十九首》，即停雲館所刻者，乾隆間亦歸試硯齋。先生見而題其後云：『余年十三時，見停雲館此帖，即知愛此書，今五十餘年矣，始見真跡。且又藏吾友心農居士之家，何幸如之。』誼按，先生於京兆書，傾倒與香光等，觀此可見。

祝允明書册

祝枝山少時學書，其父不令其見近時人書，故筆端有魏晋人意，楷法尤古媚。若後無董香光，則枝山固有明第一書家也。草書未免有習氣，而贋書遂從而亂之。此《太白樓詩帖》，雖率爾落筆，而應規入矩，枝山之本色自存。山舟前輩以爲可藏玩，是真實語者。

先生又有爲袁漁洲題祝允明《懷雪記》真跡云：『京兆佳書多小楷，其超出文待詔，不啻倍蓰。然較之古人，終覺瑰奇璀璨，至於平淡天真之妙，或未之逮。此卷乃天真盎然，絶無宿習，賢者不可測，固如是耶。』

文壽承書册

小文書精熟不如待詔，而蕭散之氣則遠過之。待詔正以精熟，不免習氣過重，時有俗韻。余愛小文，過於待詔，欲以質之知言。

陸文裕書

由前明至國朝，書家一脉，實在雲間。董文敏書，直與唐之顔魯國、宋之米南宫抗行。而一鄉之中，後先繼軌，則以二沈學士爲權輿，以張司寇、文敏爲後勁。四百餘年，翰墨風流，相續弗絶，可稱極盛。其餘波掩映，即今未替也。顧董公集歷代之大成，於鄉先輩書，莫不虚心模仿。而私淑之至深者，無如陸文裕公。余遊上海時，曾見妙跡數種，其沉厚處，洵董公之星宿海也。然董書易覯，陸書罕傳。吾友花農，獲陸公四札，乃其致佳，書尾有雲間諸賢題識，而董跋尤精，書林至寶也。花農姓瞿氏，亦上海舊族，博雅善鑒，與余交有年矣。頃宧遊楚南，相遇於漢水之東，出此卷見示，因爲記數語於後。

又

文裕公以中朝山斗之望，擅東南翰墨之場。雲間書畫正脉，自前明至今，進而益上，實公開之。吾同年友耳山先生，宏通該洽，著聲藝林，與文裕公殆後先相映矣。雲間陸氏，自西晋迄今千餘載，代有偉人，孰謂芝草無根，鳳麟無種耶？兹耳山先生獲文裕公書《秋興》詩，因綴和章於後，真有珠還劍返之樂。傳之他日，豈惟陸氏之家珍，抑亦雲間之文獻也。

蔣一先書卷

前明蔣一先書，流傳者少，故世罕知之。相傳一先曾得右軍真跡，日夕焚香静玩，宜其氣韻和雅，實能追蹤晋賢逸軌，覺文、祝諸君，未免傖父矣。董文敏深入晋賢之室，自命不在褚、顔之下，乃其服膺一先，不啻口出若此，良非阿其所好也。余見一先跡不少，古淡處皆不及此卷。吾輩收藏法書，亦有夙因存乎其間耶？余獲此卷有年矣，其略能通晋唐之關津者，未必不藉乎此也。

董香光書

余嘗謂晋人書如如來禪，唐人書爲菩薩禪，宋人書爲祖師禪，自晋而後，雖宗風不墜，然無有敢稱佛者矣。惟明董文敏，深證書禪，直入自在神通，遊戲三昧，其殆辟支佛乎？菩薩雖造最上乘，而不能稱佛，辟支雖非最上乘，而不能不稱佛，此間階級，未易爲新發意菩薩道也。是卷香光摹顔行，乃辟支佛説大乘菩薩法，能令會中五百聲聞，同證無生法慧，不禁合掌贊嘆曰：『未曾有也。』乾隆四十二年戊戌夏四月旬有一日，文石軒題。

戊戌距今十有八年，其時余於大事因緣，全未了徹，而於台宗四教，尤未涉目，跋語中所言佛門位次，皆臆説也。然從今觀之，尚不大謬，殆多生有少許種子者耶？此卷若依台宗懸判，似當在圓接通之間。而文敏自謂純仿顔行，則又在別教中。此中得失，如魚飲水，冷煖自知，又兼攝秘密不定之義矣。東坡云：『作詩必此詩，定知非詩人。』詩禪如是，書禪何獨不然？至余十八年中，於書中遊歷之境，亦復不少，展對之下，既自愧亦自幸也。

誼按，先生深於禪理，以高明海公爲本師，其寓緑天對雨廬，與先君子揮麈清言，宛如潙仰。嘗作《漸門證道圖記》，尤資玄悟，謹附録於左：

佛氏開頓漸二門，其法初入中國，多演漸法，至達摩來，始有直指人心、見性成佛之説，蓋頓法也。頓法惟佛門有之，儒家、道家者流皆闕焉，故人多不之信。然西域之二十七祖，東土之六祖五宗，靈光獨耀，蓋天蓋地，豈可誣耶？言佛教者，皆以漸爲小乘，頓爲大乘，固已。獨西泠吴樹虚，以爲佛門祇有漸法，而無頓法。宗徒謂樹虚通教而不通宗，故持論云然。及叩其義，則曰：『今生之頓，必由多生之漸。今日之頓，必由平日之漸。頓從漸來，豈非有漸而無頓乎？』善哉斯言，真妙於言頓漸者乎。汪子心農，少業儒，及與予交，始信佛法。自以聞道較晚，且束於名教，未棄世緣，深知佛門廣大，愿以漸修，乃自號『漸門居士』。夫初機之士，不由漸入，而希心頓悟者，狂慧人也。悟道之士，不知事以漸除，而略於行履者，亦狂慧人也。況台宗有『頓、漸、秘密、不言〔一〕』四儀，或頓而仍漸，或漸而仍頓，或以頓攝漸，或以漸攝頓，或即漸即頓，或即頓即漸，帝綱交羅，無有窮盡。居士但辦肯心，精進不已，吾又安能測其所詣也哉？嘉慶五年歲次庚申，潘思牧爲之繪圖，余爲之記。

先生生於雍正庚戌，作此記時年七十有一。

校勘記

〔一〕不言：據天台宗『化儀四教』，應爲『不定』。

又

香光書品，追蹤晋唐絶軌，平視南宫，俯臨承旨，有明一代書家，不能望其影響，何論肩背耶？香光自謂不復以文徵仲、祝希哲置之眼角，殆亦忍俊不禁，聊復自明耳。史稱同時與張、邢、米并稱，奚翅老、韓同傳？而前輩又有北王南董之説，亦依然噲等伍也。竊謂史書評論詩文，每多不允，《漢書》軋馬遷，《唐書》貶昌黎，蓋自昔已然矣。書畫何獨不然？唯是流傳墨跡，真贋不分，聽聲者多，精鑒者少。頃客吴下，見歸愚宗伯所跋董書，極口稱述，以爲墨寶。乃其假托，一望可知。宗伯尚爾，餘子何責焉？蠡艖主人，好古善鑒，此本藏弆有年。觀其臨宋四家書，皆含藴晋唐深致，其平淡天真之妙，有四家所不及者，在香光書中，尤爲上乘，信可寶也。

又

此卷董公自謂仿顔、米，陳仲醇又復標出，似可一望而知。然其入顔、米之甚深三昧，恐知書者亦難盡解也。董公深入右軍之室，顔、米者，右軍之曾、孟也。董公以右軍神髓，現顔、米變相，正如菩薩應願作梵天主。況醉後援筆疾書，更是自在流出。妙哉，技至此乎！此卷數年前見於豫章，曾慫夢禪主人收之，彼時不過辨真董書耳，不知其神妙至此也。人生具肉眼，亦復有增進時，況慧眼、法眼以上者乎？

又

董香光雖生於明季，而其書直追二王，當與顏魯公分鑣，使米南宫讓席，元以下無論已。其佳處全在天真，故率爾落筆者愈妙。此卷沈氏繹堂以爲自《争坐帖》得來，高氏媿園以爲蜷屈爛熳，要知蜷曲爛熳正是《争坐》勝概。二跋可謂善窮此書之趣，而能以辭達之者。唯其有之，是以似之，昔人謂非能書者不能鑒書也。

又

此册是香光中歲最佳書，爲余女婿狄搢書所收。置余案頭者數矣，不知何以流轉而落墨卿之手？烟雲過眼，豈不信哉？余於法書名畫，遇則賞之，過則忘之，聊以終吾生而已。墨卿曰：『夢樓達也。』余曰：『不達將奈何？』墨卿曰：『夢樓饒舌。』余曰：『不饒舌又奈何？』墨卿大笑，屬余識於册尾。

又

趙、董兩文敏，皆從李北海得筆。然趙得其皮，董得其髓，真知書者自能辨之，非余之私言也。此册純用北海兩《雲麾》法，而《李秀碑》尤多，洵董公得意書也。

董香光遺教經

書經功德，多比恒沙，金口所宣也。自右軍書《遺教經》，已爲唐宋諸家開先。董文敏作書，往往不能終幅，而隨喜功德，正復不少。此册書《遺教經》未及半部，然得意時信筆所爲，與筆成塚、墨成池者，其多寡豈有分别耶？末後警策語二段，應是董公得力處。

先君子在吴門所收香光真跡最夥，旌德湯君銘所刻《如蘭館帖》，半皆試硯齋中物，此經亦其一也。先君子曾跋帖後云：『余嗜書畫垂五十年，清齋試硯，嘗出所藏諸名家法書，與湯君警齋相玩賞，并鐫諸石，以公同好。警齋愛習香光書，每見妙品，隨時鈎摹。不數年間，薈集行楷，遂成四卷，所謂「有志者事竟成」也。其鐵筆之工，與香光書法之妙，殆可并傳不朽矣。』

董香光心經

香光晚年書，伐毛洗髓，傳晋人之神。趙集賢全在門外，無論餘子矣。此《般若心經》，筆之所之，無非般若，當與證般若實相者參之。

先生臨本自跋云：『香光所書《般若心經》，清微玄妙，幾於一絲不挂。册有餘紙，心農居士屬余書一本於後，真難免續貂之譏，書竟愧汗交流矣。』此本先君子已與文敏楷書及劉文清、梁山舟兩公所書此經，同摹行世，爲四種《心經》。又有先生楷書《阿彌陀經》，并已刊石。

董香光西昇經

香光稱褚公《西昇經》爲瑶臺嬋娟，此尤嬋娟中之絶姝麗者。趙子昂輩，不免下作人間尹與邢矣。此册余於穆堂同年齋中見之，今不知何以流轉而歸於心農。既歸心農，余更得常常而見，又余衰年之眼福也。

董香光書吴懷野墓誌

董文敏書，晚年益佳，至於不可思議。要其性海中久已全具，特藉人工洗滌，乃益披露耳。觀此卷署銜，是其中年之作，而古樸醇厚，直追魯公，又何待晚年進德耶？此卷今歸吾蓬心，可謂得所。

董香光書張黄門兔柴記

按宋人所云，士大夫必有退步，然後出處之際綽如，誠爲深於涉世之語。然以之涉世則可，以之治心則不可。夫時當可退，何暇計及有退步與否哉？項羽以沉船破釜勝秦，韓信以背水陣勝楚，皆絶無退步，無退步則志決，決則精白。治心之道，不當如是耶？香山之池，温公之園，與董氏之《盧鴻草堂》、《輞川粉本》，等外物耳。借外物以樂其心，則捨此數者，吾心將無所樂乎？然董氏以林泉書畫爲樂，較之以騾鐸馬通爲樂者，相懸已不啻倍蓰矣，余故爲之進一解焉。抑董氏書此文，遒媚宕逸，直逼右軍，余愛之不忍釋手者數日。夫余之愛董書，即董之愛《草堂圖》、《輞川粉本》也。顧此書爲友人陸氏物，余愛之而絶不欲得之，則余之貪心，似亦少淡矣。夫余故無退步而徑退者，退志倘決，求退當不甚難。敢書之以告士大夫之欲退者。

董香光浯溪讀碑圖詩卷

此卷初但欲仿米書，忽然興到，直似魯國，既而顛張狂素，俱奔赴腕下，奈原紙已盡，以他紙續之，而奔逸之氣更不可遏。昔人云『文章本天成，妙手偶得之』，作書亦何獨不然？此卷欲令董公復書，不能似也。余見《北苑瀟湘圖跋》，正與此書相類，殆文敏提學楚中一時所書耶？然彼書澹泊如洞庭之微波，此書激昂似《中興》之憤發，則字體雖同，而性情各異矣。蓬心獲此妙跡，真不負守永九年。而自記乃云『俟此卷之得所歸』，抑何達也。自己酉迄今，能數與蓬心相見，洵是前緣。所有年來倡和之作，附録於後。

董香光疏解老子卷

愚按華嚴六相義，即法華是法居法位世間相常住義也。成不假壞而成，壞不由成而壞。

肇法師《物不遷論》詮此義最精。其所謂日月麗天而不週，江河競注而不流，乃真萬法不動自位也。若以成爲壞緣，則物已遷矣，位已動矣，此皆世諦，與真諦何與焉？又老子有之之爲利、無之爲用之旨，仍是觀其妙、觀其竅作用。大抵道家之有無，對待者也；禪宗之有無，絶待者也。香光必欲比而同之，宜其有所難通也。然非香光先發此論，則余論亦無由顯示，士大夫中通禪旨如香光者，已爲難遘也夫。

董香光臨魏晋諸帖長卷

此書自習王右軍《通慧塔院碑》後更佳，大抵是見過《官奴》墨跡以後之書。竊謂古帖雖致佳，必得名家臨之而精神倍出。其似與不似之間，乃是一大入處。似者踐其形也，不似者符其神也。形去神在，若接若不接之間，而其消息出焉。以似爲不似，以不似爲似，非似非不似，即似即不似，重重秘密，帝網交羅，故文敏自謂學書三十年，專明此事。恨不得起文敏而同證之。文敏不常臨鍾書，此卷鍾書之妙，居然具過師之智。前此臨鍾者多矣，從未有造此境也。於千載後傳其真神，使其人躍然紙上，豈非神技乎？

董香光尺牘

自魏晋以來書家，多憑簡牘流傳，《閣帖》中右軍父子，多至五卷，其餘諸帝王名臣，亦十居其九。至元代趙承旨，所傳真跡，亦尺牘居多也。但其摹仿右軍處，幾於千篇一律，未免太似。惟香光書札，任意揮灑，純任天真，出於古人蹊徑之外。此數札，望之若率意而成，而妙處爲他人所萬不能及，良可寶也。

董臨裴將軍詩

香光書，人知深於晋人，而不知其深於唐人，唐人書尤深於李北海、顔魯公兩家。其臨《裴將軍詩》，目所及覩者幾廿餘本，無不佳者。乃知前賢用功之深，殊非近時所及。竹垞方學香光，且學顔行，宜其寶重之深也。

董臨歐陽千文

歐陽《千文跋尾》云：『大唐貞觀十五年歲在辛丑三月廿日，附子隱之明奴、通之善奴，遂命工勒石，安於學舍東壁，永爲不朽。』董跋云：『信本二子，歐陽通，有碑刻傳世，此帖有歐陽隱，其書不傳。乃知佳書不必盡著，不獨書也。』

董臨信本千文

古人云：『善學書者，如魯男子之學柳下惠。不善學書者，如優孟之學孫叔敖。』此卷臨信本書，絶不相似，然余甫開卷即知之，其寒峭之氣，逼人肌骨，能傳信本之神也。香光真書，流傳者絶少，而臨仿唐人之真書則尤少，洵至寶也。

董臨懷素

董文敏深於懷素草書，興到疾揮，頗得驚鬼神走龍蛇之意。宋元以來書家擅狂草者，皆不能及，以其淡也。余因習董書，始悟素師淡處，因素師又悟右軍淡處也。顏、柳皆得右軍淡處，惟文敏知之，亦文敏能習之。請與花農一印證焉。

董臨米南宫詩帖

香光臨米書，往往出藍，此卷尤爲超妙。蓋米老靈豁之處，直逼晋人，所不及者，精光太露耳。昔人謂聖人如玉，孟子如水晶，米老之於右軍，亦復如是。香光此書，直是商周法物，土花血暈，斑駁陸離，不止温潤縝栗而已。余嘗謂香光書法，乃顏魯國以後一人，觀此種書，當信余言非妄。

董臨米書

米海岳每自稱腕有羲之鬼，蓋米公善爲右軍傳神故也。然予竊愛真米書，尚不如愛香光所臨之米書，何以故？米書魄力雖大，而平淡處尚有未至，故雲林評跋，以爲似子路未見夫子時。香光深得右軍平淡之趣，其臨米書，正如菩薩應願爲梵天主，以佛力加被，恢恢乎有餘地矣。或曰：如此則香光自爲書亦佳，何必臨米？曰：米之奇肆處，又是香光平日所少。以奇肆入平淡，所以愈妙也。世有深知書法者，必首肯余言。

董臨米天馬賦

袁簡齋云：『余不喜蘇詩，而喜夢樓學蘇之詩。』余甚愛米書，而尤愛香光臨米之書。此中別有會心，不在皮相。蓋米書一經董臨，遂爾轉飛動爲静深，化奇險爲平淡，旌旗壁壘，倏忽改觀，而原書之佳處逾顯。有識者不當以時代論也。此卷擘窠大書，參用《瘞鶴銘》筆意，尤爲神妙。竹癡力購得之，真好龍者哉。

先生所跋香光書，不下數百種，此録僅什之一耳。惜手藁半佚，莫窺全豹，然一滴水可知大海味矣。先生寓吴門時，壁間懸香光像，日夕致禮。誼近歲始摹先生《杜撰禪和圖》，與隨園、甌北兩先生小像，并裝池之。非敢云瓣香在南豐，亦柳子厚《先友記》之義爾。

黄石齋孝經

昔顔清臣書，書家推爲唐代之冠，良由公平生忠義凜然，後世重其人，兼愛其書也。

蔡元長寫《離騷》，董華亭以爲千古忠魂，不當爲奸臣之手所污。心聲心畫，殆感發出於自然，若人品不足稱述，書法雖工，亦曷足貴乎？黄石齋先生，以明季孤忠之氣，寫先聖教學之經，其楷格遒媚，直逼鍾、王，洵人間至寶也。石齋先生書《孝經》，余曾見二本，其一爲女婿狄笏所收，余以貽同年畢秋帆制府。其一即此册，爲吾郡太守和潛齋先生所藏，字體正復相似。乾隆辛亥上春獲觀於府署雅懷堂。

范文明草訣辨疑

草書始於章草，盛於右軍，濫於顛、素。自宋四家皆習顔行，而草書之法，傳世者希矣。世所傳《草訣百韻》本多訛舛，苟非潛心諸家之書，欲按訣而識字，得乎？前明范氏《辨疑》一帖，徵引博洽，駁正嚴明，於草法良所裨益。雲坡先生鄴架所藏，無書不備，此帖亦在存録，可謂細大不遺矣。

秀餐軒帖

自宋《淳化閣帖》彙歷代法書，摹勒上石，好事者轉相仿效，不下數十家。華亭董氏所謂終宋之世，《絳州》、《鼎帖》、《星鳳樓》、《群玉》、《黔江》、《淳熙秘閣續帖》，世皆無傳，至有對面不識者是也。前明亦多彙帖，惟董氏《戲鴻堂》最工。海寧陳氏，博古善鑒，所刻彙帖，多經董氏手訂，《藏真》、《玉烟》，其尤著者矣。此《秀餐軒帖》，亦陳氏所刻，書稍肥拙，非董氏所訂，然另有一種風氣。余舊獲墨本於京師，臨仿已久。頃至揚州，晤故人唐太守悔菴，始知此石今流轉至悔菴家。余慫悔菴命工精搨數十本，且告之曰：『去古漸遠，微獨真跡散亡，雖石刻亦多漫漶。晋唐風流，捨彙帖則不可窺見。而彙帖必多聚善本參觀而融會之，乃於古人筆法有省。此刻雖較遜董摹諸本，然間有佳處，輒出其外，以此知學之無盡藏也。』悔菴之尊甫觀察公，聞治言而善之，命書而鎸諸卷末。時乾隆四十六年辛丑冬至日也。

快雨堂題跋卷六

沈繹堂臨蘭亭

《蘭亭》一帖，爲書家之普門，唐宋諸名家，未有不從此入者。然褚摹有路，《定武》無門。余留心《蘭亭》者數十年，近始少分窺見《定武》門徑。頃客杭州，柏田見示沈繹堂先生所臨《蘭亭》，宕逸處全用褚法。觀其跋尾，自謂未見《定武》舊搨。夫以繹堂先生之博識，且生長華亭，豈有不見《定武》者？此截斷衆流句，正學者所宜參也。柏田淹雅善鑒，敢以鄙見質之。

先君子嘗刻國初名人書，曰《試硯齋帖》，自沈文恪以下，釐爲四卷。先君子自跋其後云：『余平生酷嗜法書名畫，暇輒展閱數過，真覺人間清曠之樂，無逾於此。顧六法不可以碑搨傳也。國初法書，自沈文恪以下諸名家，骨幹風神，各臻其勝，兹就所藏，選其尤精者，倩湯子澤山竹林詮勒諸石。而雙勾盡妙，累黍無差，庶可以質同好焉。』

笪江上尺牘

吾鄉笪江上先生，書格超妙，小字尤佳。蓋先生自解組後，隱居句曲山中，讀丹書、學導引，遊神於塵滓之外，故所作書飄然有凌雲之氣。國朝善書之家如先生者，未可數覯也。此尺牘共三件，同里白華居張氏所藏。余見而劇賞之，因以他書畫易歸。張氏之不拂余請，殊可感也。

江上書，上至章草，下至蘇、米，靡所不習。恨不能確然指其得筆之淵源，然其遊絲裊空、蕭然自得之處，無所秉承，不能獨造也。一日偶臨稽叔夜《絶交書》，恍然大悟曰：『此吾鄉江上先生之書之所自出也。』自此以後，凡見笪書，無一點一畫不了然於其來處矣。趙鷗波云：『昔人得古刻數行，專心學之，便可名世。』真甘苦之言歟！

此册末後家書一紙，皆庸常瑣碎之談，而其中有至理。蓋世間難處之事，無過家庭。家庭理，而國與天下，特稟此心以加諸彼耳。末後另行小字，於忍辱波羅密三致意焉。笪公晚年進德，幾於行年五十而知四十九年之非，後學所宜楷式也。

笪江上書江泠閣集序

國初善書之家，如華亭沈繹堂，慈谿姜西溟，皆能胎乳古人，擺脱時徑。至於披露天真，俾字裏行間飄飄然有淩雲之意，則吾鄉之笪江上先生所獨也。蓋先生解組後，隱居茅山之麓，足跡不入城市，肆力於道家《參聞》、《悟真》諸書。其考終時，人或以爲仙去，宜其筆端無纖毫塵滓氣也。至於小楷，法度尤嚴，純以唐法運魏晋超妙之致。此書以《曹娥》仰追《宣示》，駸駸乎登鍾傅之堂矣。庚戌秋，余客吴門，心農先生出以示予，予携之行篋中，展玩匝月，至揚州寓雲笈山房，始獲題識之。冷士湄字又湄，號秋江，吾鄉高士也。所著《江泠閣集》，鋟板已失，余猶及見之。

江上此序，及先生跋，嘉慶丁卯，俱已刻入《試硯齋帖》。江上他書數種，及《論書》長卷，亦并刻之。

笪江上論書

余幼時學書，苦乏師承，得鄉先輩笪公此卷，如獲異寶。蓋其《論書》數十則，皆從甘苦中流出。古人論書，從未有如是之詳且盡者。余參悟十餘年，始於古人書日有入處，則此卷之貺余者，不獨筆法之可師而已。吾友心農好之特甚，余劇難割愛，心農欲摹之入石，以爲後學津梁，余不得已與之。今心農摹本，宛與真跡無二，則真跡幾無可用，其歸心農宜也。然余重睹此本，終不能無愛戀之意。甚矣，八識種子難言永伏也夫。

附録論書

筆之執使在横畫，字之立體在豎畫，氣之展舒在撇捺，筋之融結在紐轉，脉絡之不斷在絲牽，骨肉之相停在飽滿，趣之呈露在勾點，光之通明在分布，行間之茂密在流貫，形勢之錯落在奇正。

横畫之發筆仰，豎畫之發筆俯，撇之發筆重，捺之發筆輕，折之發筆頓，裹之發筆圓，點之發筆挫，鈎之發筆利，一呼之發筆露，一應之發筆藏，分布之發筆寬，結構之發筆緊。

數畫之轉接欲折，一畫之自轉貫圓。同一轉也，誤用之必有病，分別行之則合法耳。

橫之住鋒，或收或出。有上下出之分。豎之住鋒，或縮或垂。有懸針、搖縷之別。撇之出鋒，或掣或捲。捺之出鋒，或迴或放。

人知起筆藏鋒之未易，不知收筆出鋒之甚難，深於八分章草者始得之。法在用筆之合勢，不關手腕之强弱也。

匡廓之白，手布均齊。散亂之白，眼布匀稱。

畫能似金刀之割净，白始如玉尺之量齊。精美出於揮毫，巧妙在於布白。體度變化，由此而分。觀鍾、王之楷法殊勢而知之。

真行大小，離合正側。章法之變。

格方而稜圓，棟直而網曲，佳構也。

人知直畫之力勁，而不知遊絲之力更堅利多鋒。

磨墨欲熟，破水用之則活。蘸筆欲潤，蹙毫用之則竭。

黑圓而白方，架寬而絲緊。黑有肥圓、細圓、曲折之圓，白有四方、長方、斜角之方。

古今書家，同一圓秀，然惟中鋒勁而直、齊而潤然後圓，圓斯秀矣。

勁拔而綿和，圓齊而光澤，難哉。

以上論書，言淺而旨確，非工力深者，不解其難也。

將欲順之，必故逆之。將欲落之，必故起之。將欲轉之，必故折之。將欲掣之，必故頓之。將欲伸之，必故屈之。將欲拔之，必故擫之。將欲束之，必故拓之。將欲行之，必故停之。書亦逆數焉。

臥腕側管，有礙中鋒。佇思停機，多成筭子。

活潑不呆者其致豁，流通不滯者其機圓。機致相生，變化乃出。

一字千字，準繩於畫。十行百行，排列於直。

使轉圓勁而秀折，分布勻豁而工巧，方可入書家之門。

名手無筆筆湊泊之字，書家無字字疊成之行。

黑之量度爲分，白之虛净爲布。

横不能平，豎不能直，腕不能展，目不能注，分布終不能工。分布不工，規矩終不能圓備。規矩有虧，難云法書矣。

起筆爲呼，承筆爲應。或呼疾而應遲，或呼緩而應速。

横擻多削，豎擻多肥，臥捺多留，立捺多放。

骨體筋而植立，筋附骨而縈旋。骨有脩短，筋有肥細。二者未始相離，作用因而分屬。勿謂綿軟二字爲劣，如製筆非第一等紫毫，不能綿軟也。

欲知多力，觀其使運中塗。何謂豐筋，察其紐絡一路。筋骨不生於筆，而筆能損之益之。能運中鋒，敗筆亦圓。不會中鋒，即佳穎亦劣。優劣之根，斷在於此。血肉不生於墨，而墨能增之減之。肉託毫穎而腴，筋藉墨瀋而潤。腴則多媚，潤則多姿。

誼按，先生於乾隆辛丑，别題《論書》後云：『此卷爲笪書中無上妙品，其論書深入三昧處，直與孫虔禮先後并傳。《筆陣圖》不足數也。』

湯文正公中和道院記

右睢州湯文正公《中和道院碑記》，公撫吴時作并書，刻之蘇州郡廟者也。其真跡，道院主持世守弗替。至月渚袁鍊師，尤加珍重，乞其宗人簡齋太史暨里人彭芝庭尚書及諸名輩，題跋其後，什襲而藏弆之有年矣。庚戌秋七月，余客吴中，偶過道院，月渚出以見示。展其書，讀其文，覺中和之氣洋溢於卷軸間，真有德者之言，而心正者之書也。至文中所稱汪鈍翁、尤西堂兩太史，皆公博學鴻詞科同年友，亦復令人遠想慨然。

羅鶴巢書温飛卿詩矮卷

余嘗見温飛卿自書詩墨跡，縱横沉鬱，有顛、素風。蓋古來名家，未有不工書者。其或傳或不傳，與傳之或近或遠，固由精氣所召，似亦有數存其間焉。揚州羅鶴巢先生，風雅多聞，吟咏之暇，兼工札翰，然不輕與人，故流傳者少。其曾孫春江昆仲，奉其手書温飛卿詩四首矮卷，裝池成軸。後之覽者，於揮烟垂露之中，更想見詩中風檻菱塘之趣，殆相得益彰歟。唐詩人如李太白、白樂天諸公，皆有真跡，宋人已摹勒上石。飛卿詩近亦有上石者。春江昆仲，既仰承先志惟謹，何不命工刻之貞珉，以廣其傳？余雖弗能書，猶當重爲審定而評跋之。

張文敏臨黄山谷書

余生平見黄文節書僅四五幅，以袁簡齋前輩所藏書太白『洛陽董糟丘』詩長卷爲第一。黄書荒寒清放之致，乃其獨到。子瞻、元章，才力或過之，至黄之擅場，二公竟不能及。乃知古人以書名家，良不易也。張文敏從歐陽率更入手，游歷宋四家門逕，而於黄、米較深。蓋藏其墨跡數種，而日夕臨之者，雖乏自得之趣，然其用功深矣。此册臨黄，是其極得意書。

張文敏詩册長卷，及所臨《十三行》，亦於嘉慶丁卯刻入《試硯齋帖》。文敏自題《十三行》後云：『吴興官帖，翻刻唐太常家宋搨本。』誼按唐太常本，即先君子所收董香光續書九行之本也。嘗欲取翻刻本彙裝一册，以證其離合。自《元宴齋》以下，已得六種，而吴興官帖等尚未之見，殆亦如臨濟兒孫遍天下矣。

張文敏書畫

右藥洲主人所收張文敏書畫各一幅，俱未署名，然一望而知爲文敏筆也。書是文敏本色，畫非當行，然有别趣。畫右側有題跋，舉五峰嘲一泉怕梅之語，雋别可喜。昔人論書，謂既得平正，須追險絶；既追險絶，復歸平正。張書於險絶則有之矣，復歸平正，竟未能到。天耶？人耶？似有限之者也。藥洲鑒古最有特識，然頗袒文敏，謂余於文敏，有文人相輕之習。顧余書亦曾從張氏入者，我輩行己立身，何致操戈入室？要其真修實證處，如聲之於響，影之於形，不能誣古人，尤不能誣來者也。余嘗謂松雪書有欲令人愛之意，兹見張氏怕梅之説，因知張氏書有欲令人怕之意。愛心怕心，一時頓斷，乃謂之平淡天真。此境惟董香光獨到，他人不解也。余嘗謂香光爲辟支佛，其在斯乎？因藥洲精鑒，故立此淆訛公案，以相翻駁。古德闡發綱宗，不妨呵佛罵祖，良有以也。藥洲於此，必有轉語。

汪文端公書鮑詩

右建水刺史徐君所藏汪文端公書鮑參軍《行路難》樂府一卷。前輩之書，多專精一家以名世。文端公此卷，殆沉酣厭飫於趙文敏公者也。治多好無成，可以知所鑒矣。

劉文正公書

劉文正師，不多作書，然於書家境界甚深且備。今石菴前輩書名冠海内，諦觀之，皆自文正出也。萬里長河，發源星宿，一切皆作如是觀。

張得天劉石菴合卷

自明中葉以迄今日，書家一脉，繫在華亭。得天先生受純皇帝特達之知，名尤烜赫。石菴先生，功力最深，極意追蹤古人，不肯少趨時徑，真書法中有寒松古柏之操者。可羡復可敬也。

劉石菴書卷

書法雖小道，然非忘寢食寒暑，致力於其中，則不能工。及工矣，又非捐得喪、遺榮利，有超時出俗之志，則將墮於偏邪小果，不能深遠淡宕，與古人相上下。吾於近時善書者，服膺劉石菴前輩久矣。石菴未通籍時，其書已卓然不欲與世俗伍，迨今復四十餘年，殆所謂忘寢食寒暑，致力於其中者。石菴以名翰林，敭歷中外，繼世業，參國政，清操直節，朝野仰望。至於書，則往往震於其名而泛泛稱道之，逮叩其所以佳，未必真知也。石菴之書，其佳處輒含藏於筆墨蹊徑之外，必先於晋唐以來劇跡，貫穿胸中，然後取其書反覆審觀，乃見異趣。故其得名，轉不若隨波逐浪書家，無賢愚悉嘖嘖然必欲得其屏幛卷册以爲快，然而石菴之爲石菴，自此遠矣。此卷乃其今春自都中遠寄瑶圃中丞者。中丞既自能書，又愛鑒别古今書家之書，其措躬操行，渾然如古重器，不露圭角，然與石菴自有默契之處，故於書法，亦有鍼芥之合。昔放翁詩云『詩到無人愛處工』，書法何獨不然。石菴之書，既直造無人愛處，而中丞又能愛石菴於無人愛處，此中皆有甚深三昧存焉，未可以常言常辭測也。

又

詩有詩禪，畫有畫禪，書有書禪，世間一切工巧技藝，不通於禪，非上乘也。石菴前輩書，於軌則中時露空明，於運用中皆含虚寂，豈非深於禪者？敬齋中丞藏所書小楷二種，尤其經意之作。《德韶傳》發揮禪門宗旨，如日麗天，如月印水，了了明明，毫無隱覆。而《水官詩》所稱『在吾猶在子，此理寧非禪』，亦深契無我綱宗。中丞合二書成卷，可謂即書即禪，盡大地皆沙門隻眼矣。治諦審諦觀，不覺合掌讚嘆，以爲希有云。

又

陸放翁云『詩到無人愛處工』，書畫何獨不然？畫家以士氣爲上，不貴縱横。元四家各擅專長，而倪迂簡淡，遂冠諸家之首，其品勝也。石菴前輩書，絶去宋元以來縱横妍媚之態，而筆意高古，拙中含姿，淡中入妙，近時罕有能及之者，其工處殆在無人愛處耶？顧作書固難，知書亦不易。敬齋中丞，慧光朗照，巨細無遺，於石菴之書，最爲心賞。此卷書杜工部詩凡六首，復以東坡《醉翁操》繼之，皆石菴得意筆也。石菴作書，不計旁人毁譽，而深契古人。中丞賞石菴之書，不在點畫皮毛，而獨高風骨，皆可即其好尚，想見其爲人。他日傳之藝林，允稱佳話矣。

《試硯齋帖》中，劉文清公書凡一卷，亦係先生審定，皆清愛堂刻中所無者。

吴門彭氏札翰合册

東南舊族，彭氏爲盛，自前明迄今，代有偉人，文章品詣，照耀閭里。尺木先生裒集先世手澤，自西枚公至芝庭大司馬，凡九人，計札翰二十一通。傳之異日，當與王方慶《通天帖》後先并美云。

梁聞山書

聞山昔在京師，與余同學爲書。余自滇南歸，聞山書名大振於江淮間，今聞其下世已數年矣。頃遊楚中，見聞山爲夏君葭如所書《聽秋山房賦》，展玩之際，如對故人。葭如令嗣芳原，將以其書刻諸石，屬余跋其尾。感往昔故人之逝，結將來翰墨之緣，俱於數行中寄之，豈偶然歟？

梁山舟書册

近時善書之家，自諸城劉石菴前輩外，群推山舟前輩。山舟自矜重其書，不易與人。

余不至杭州者十餘載，比來於友人處往往見山舟之書，似稍改其平生矜重之習。其楷書更峻拔，亦日就堅蒼矣。此册乃其貽吾藥洲親家書，尤經意之作也。向來京師有『三梁一王』之説，余聞而深愧焉。三梁者，蓋瑶峰參政、聞山明府，暨山舟而三也。頃聞山、瑶峰俱已下世，石菴年近七旬，而山舟與余，亦皆六旬以外，讀《書譜》『人書俱老』之語，爲之憮然。藥洲能書精鑒，不知山舟及余書雜之古人中當居何等？惟吾藥洲評騭之。

又

山舟先生以書名擅海内舊矣，大抵小楷工力尤深。頃壽近八旬，而腕力更健。耄年進德，今時之衛武公歟？同時服膺，良非阿好也。

山舟所臨《蘭亭》、《黄庭》，及《維摩詰所説法供養品》，與他雜書數種，并刻入《試硯齋帖》中，凡一卷。

琉球國書

此琉球國書也，如中國草稿，而其文不可識。余嘗有詩云：『蛟龍滿紙我不識，但覺體類芝與顛。』觀此卷可證余詩非誣矣。余之作詩，務在紀實，不喜飾辭悦人。因知古之作者大抵如是，惜時賢多不肯信耳。

自臨樂毅論

余致力於右軍小楷，垂五十年，然所臨仿者，惟《黄庭》、《像贊》、《曹娥》，輔以子敬《洛神賦》、永興《破邪》而已。於《樂毅論》不甚臨仿，以未見善本故也。後獲笪氏藏本，與世俗流通者迥異，末有江上侍御小字跋數行，以爲筆勢圓豁充拓，董文敏生平書法，實基於此，愛而習之。嗣更詳味鬱岡齋宇泰先生跋語，以爲轉折之間，皆含異趣。於是於《樂毅》大有入處矣。前年汪竹坪以舊搨貽余，臨仿數過，知係鬱岡祖本。因將諸舊搨彙於一處，暇則臨仿數行，然罕能至終篇者。去年竹坪屬余臨一完本，余感其嘉貺，不敢辭，遂臨二本，一貽竹坪，一兼質心農，然猶不甚稱意。頃有武昌之行，舟中多暇，再仿一通，似較去年所作稍有進步。寄心農兼質竹坪也。

先生臨此本，及所臨古帖二卷，先君子已與劉文清、梁山舟兩公書合刻之，曰『試硯齋帖』，跋其後云：『劉文清公書，古勁中饒有姿韻，得魏晋風流。同時以書名海内者，梁山舟侍講、王夢樓太史，與余結翰墨緣，時得聞其論書微旨。因彙三家之精髓壽諸石，當以一瓣香伴維摩供耳。』先君子於嘉慶丙寅，又彙刻先生生平得意之作凡四卷，曰『快雨堂詩帖』，跋其後云：『夢樓先生詩，刊播海内久矣。余自乾隆庚戌獲交先生於吴門，以後數相過從。談藝之餘，兼味禪悦。每燒燭深坐，至丙夜不倦。或别去三數月，輒深懷念。凡題贈見寄之作，零縑寸楮，積久遂夥。其深情摯誼，具見於毫素之間。曾遴高手，爲隨時勒石。今先生已歸道山，向笛嵇琴，能無棖觸？因檢篋中所存未上石者，彙刻成帙。其詩半見先生集中。快雨堂者，先生丹徒所居之題額也。』

自臨開皇蘭亭

余廿餘年前，見《開皇蘭亭》，卷尾有董文敏跋，文敏嘆賞不已，比之慶喜見阿閦佛，今不知歸於何處矣。頃見溧陽史氏所藏十種《蘭亭》，中有開皇本，較之文敏所跋之本，摹拓更爲明晰。吾友汪氏心農，與余同有《蘭亭》之癖者，因亟臨一通奉寄。深愧弱腕，不能傳其筆法於萬一，聊見前人之意云爾。壬子八月楚江舟中。

先生《留别試硯齋》有句云『每見揮毫礱石待』，自注云：『主人見余書，輒爲上石。』先君子刻《試硯齋》、《快雨堂帖》外，其他尚夥。此臨本亦已摹泐。

自臨陰符經

佛法獲真悟者，觀一切經論如指諸掌。道法獲真傳者，觀一切口訣如指諸掌。稍涉疑似，則所得必不真。默驗自知，不待旁人指摘也。此經滿五千言，洩坎離龍虎之秘，較後世丹經，更軒豁簡易，但須知道者密證密傳，未可懸悟。或用以治國家、治軍旅，亦屬可通，終非本旨。甚有謂黄帝進一步法，老子退一步法，尤支離可笑。此本海岳所書，似經作家校訂。香光跋亦另有所見。春田夙好道言，故臨以奉寄，他日爲帝宸碧落之遊，毋忘導師也。

自書金剛經

昔無着菩薩入日光定，親見彌勒稟受十八伽陀，天親菩薩因之造論，洵般若之心燈，金剛之法印也。元魏時，菩提留支譯行東土，唐宗密原以造疏，俾甚深經典中句義，次第復顯世間，波羅蜜門，其在兹矣。顧世俗流通，皆姚秦什師譯本。秦譯文詞流暢，頗便讀誦，而昭明所分三十二分，乖違經義，識者病之。又儒生隨喜法門者，不見論疏，妄事解詮，甚或僞託仙乩，謬攀儒典，尤爲罪過，惜弗能户説也。兹取秦譯文句，依魏譯《天親菩薩論》文科段書之，於經義較爲顯豁。設有發大心者，由此而尋譯疏論，深入般若法門，則此書乃其嚆矢也歟。

自書八識規矩

此頌文約義豐，非深通教相者，不能解説，非深悟心源者，不能印持。當此時而求一性相兼通之人，不啻鳳毛麟角矣。淺見之儒，或於内典作輕易想，試與觀覽，能解其一字一句否？即此亦當生敬禮心。余每喜書寫，願世間大心人，先熟誦而後求解也。

自書桃花源記

桃源之事，古來説者不一。東坡詩云『桃花流水在人世，武陵豈必皆神仙』，是信其有也。而昌黎云『桃源之説誠荒唐』，則又疑其無也。余竊謂靖節先生不應鑿空妄語，意詩中所謂『高尋吾契』者，亦與自謂『羲皇上人』，同其寄託耳。矧男女耕作，秋熟春蠶，依然尋常日用之事，豈與游仙輕舉者同日而道哉？暇日手書一過，恍如身在落英芳草間也。

自書曾賓谷與諸子京口三山聯句

曾賓谷先生都轉兩淮者將逮六年，政已成矣，暇則與故鄉名宿，暨東南文學之士，賦詩而娱，幾於無義不搜，無體弗備。兹復以餘技爲聯句詩如干首，戛戛獨造，韓、孟諸公不能擅異於前矣。《京口三山詩》，爲吾邑增色，爰書而鎸諸石。恨書格限於所學，不能出狡獪以與詩鬭，爲可愧耳。

自臨蘇米矮卷

薺原宫保與治同在翰林時，文字追尋，殆無虚日，忽忽將四十年矣。治既伏處江干，公亦以侍養予告在籍。數百里內，相見甚難。頃承以矮卷索書，爰臨蘇、米二家詩帖歸之，欲更結老來翰墨緣也。

自臨宋四家書

余幼時喜臨晋唐人書，不敢略涉宋派。年踰四十，始知宋人深得晋唐神韻，學晋唐者，當於宋人真跡問津，然不能實證也。又十年，筆端乃蹔得相應，蓋非深於晋唐，無從窺見宋人之妙。亦猶不識如來禪，無從透入祖師禪也。既透祖師禪，乃真見如來禪矣。近日深入宋人真跡，於晋唐蹊徑益明。然則書豈易言哉？

先生臨四家書，彙刻於《試硯齋》，自題山谷《寄岳雲帖》後云：『山谷大楷書，於《瘞鶴銘》得筆。今《鶴銘》字形已漫，欲彷彿《鶴銘》者，轉當於山谷書求之也。』

自臨西園雅集記屏幅

古之作書者，大可方丈，小則蠅頭，又或收方丈爲蠅頭，放蠅頭爲方丈。知此三昧，則內典所謂於一毫端現寶王刹，坐微塵裏轉大法輪，不足異也。《中庸》『莫載』、『莫破』，亦復如是。眼前義理，人或以爲奇，特只被眼障耳。因爲心農先生書此記，偶一舉之。

亡弟學海臨洛神賦

學海二弟，能文而不欲以文名，能書而不欲以書名，舉孝廉而公車未曾北上，蓋性情之恬退，有迥異於常人者。尤工小楷，得晋人意。閒暇輒自臨仿，而不以與人，予每欲收之，輒藏去。此《洛神十三行》，乃爲趙楚珩作者。楚珩之子若姪，皆受業於學海，故能得之。今夏予始獲見，留齋中三月餘，玩賞弗已。楚珩急索，乃題識而歸之。蓋不勝池塘春草之感云。

快雨堂題跋卷七

宋元畫册

此畫不著款印，而董文敏定爲宋元名筆。文敏乃書畫家之董狐，可以爲據。至其畫筆之精妙，明代畫家，斷不能到。董書似不經意，醇淡古雅之趣，玩之愈出，良可寶也。近時鑒家，往往詳於山水，而略於人物，故是一病。余之鑒人物，實私淑香光也。即如此畫，丁南羽有其沉著，吴文中有其精工，而氣韻超妙處，二公皆不能及，宜香光定爲宋元名筆歟。衣摺之妙，余於書法悟入，以此定畫家時代，亦百不失一。

温日觀蒲桃長卷

余少時即聞温日觀蒲桃爲海内畫苑奇賞，未得見也。後每見惲南田臨仿，玄珠纍貫，極温潤之致，然僅數寸小幅，以爲日觀之畫，亦當如是。嗣聞此畫在義興一宦家，或攜至吴門，厚酬以值弗肯售，今爲試硯齋所獲。畫幅長四尺有奇，題跋共長二十五尺有奇。古藤敗葉，逸韻横生，令人動心駭魄。乃知畫筆之奇，真欲與雲霞同變化，與雷電争迅疾。

其裊空如遊絲，其剸截如利刃，異哉，技至於此，尚可以技目之耶！迴視南田所臨，真棘門、灞上之軍矣。日觀自題首尾二處，凡四段，書法與楊少師《步虛詞》無異。凡十二跋，皆元人筆。其徐順生賦一首，體物工麗如六朝人。馮子振七言古詩，縱横詭異，在韓、蘇體格之外，書法似李北海。諸跋皆佳，此其尤也。明人無一跋，豈明代名家未之見耶？南田臨此，每摘書馮詩四句，余向以爲日觀自作，以其深通禪悟，今乃知洋洋大篇，此特發端耳。世間詩文書畫之奇，豈人之思議所可及耶？余與試硯齋主人交有年，每至吴門，輒主其家，或居他處，亦必日相過從，相與評論法書名畫，主人收藏多余所審定。昔董香光與吴太學爲文字至交，以故太學收藏，甲於南國。余何敢擬香光，而主人則太學之鄉人，其風雅後先相映，且其鑒賞處多與予有默契者。嘉慶五年，予客吴逾半載，次年正月始歸。予年七十有二矣，未知繼見何時，臨別眷戀弗已，因并識之。

附録元人題句

雪淵昨夜玄珠脱，象罔多年求不得。有人捉摸到西湖，離了崑崙依舊黑。千枝萬葉根器匀，老蔓牽率波濤春。寄生穿漏風雨蠹，唤醒睡魄連通津。秋槎客浪行牛斗，天馬相携無是叟。乳流膏注釀燉煌，點滴腴芳紫囊剖。神仙磊落澆玉腸，重樓十二冰雪凉。蓬萊便翮鳳麟閣，縷脉綫絡低還昂。少年文字曾子固，伯仲中間聊肇布。錢唐雲濕畫舫迷，邂逅卿僧拈紙素。吹噓送上蕭臺顛，少華奴隸金經鮮。故人併寄水晶院，白日杲杲南星懸。功名半幅依然好，記取神閑師一掃。芬陀利果蕊宫來，大地明璣傾栲栳。江湖韻神争淋浪，亦復鴛鷺觀翱翔。此詩此畫難復得，珍重回施栽明光。曾心傳出温師醉墨，今不可得，留韻語卷尾，馮子振稽首。

看詩先看無聲詩，識畫要識畫外奇。墨梅相馬本一致，九方一顧空萬驥。奏刀養生無兩般，一朝十九黑牡丹。温師墨戲妙三昧，座處心傳先領會。别時珍重爲寫將，萬里行囊紙半張。憑君莫博凉州守，官况何時一斗酒？侍中拜賜慎勿誇，爾有毋遺天一涯。草龍珠帳殊不惡，青瑣碧油那可托。驪珠滿袖投未投，暗中摸索君且休。此是温師畫外意，細嚼無聲詩有味。龍山三十里清陰，舊遊一一堪追尋。不如束書嚮吴越，莫辜架上蒲萄月。心傳曾聘君，奉詔北覲，温日觀寫墨蒲萄贈行。集賢翰林諸老宿，暨當代名流，浩有題品。不揆鄙陋，裁數語以殿尾，幸毋哂，莆陽陳宏頓首。

倪元鎮竹石小軸

倪迂真跡，世不多有，有者皆贋鼎耳。余生平僅見二幅，其一幅迂翁題識小字數行，中有『老僧只恐山移去，日午先教掩寺門』之句。又一幅則千巖萬壑，密若無天，幾不辨其爲倪畫。及是而三焉。是幅微有殘缺，然清勁之氣，與所見二幅正同，故敢斷爲真跡。大抵書畫品韻，懸判可知，雖起迂翁問之可也。

先生自記云：『前一幅曾歸陳望之先生處。』詩句非雲林自作，蓋偶誤也。因録雲林全跋於此。跋云：『至正乙巳閏月五日，因瓊野上人以此紙來需畫，既爲寫溪山秋色，并書「吴門僧惟茂住天台山一禪刹，喜其旦暮見山，作絶句曰：四面峰巒翠入雲，一溪流水漱山根。老僧只恐山移去，日午先教掩寺門。□心[一]有詩家風旨，而或者謂山若欲去，豈容人掩住？蓋吴人癡呆習氣也，其説可謂不知音」。净名主懶瓚書於蝸牛廬。』後又有洪武十五年孫大雅詩跋。

校勘記

〔一〕□心：《容齋三筆·卷十二》作『甚』。

又

香光嘗云：『雲林畫，江南人士以有無爲清俗。』試硯齋此軸，乃香光自收以貽伯襄司成者。跋語奇妙，書格尤天趣盎然。即此已是希世之寶，更何論倪畫哉！

黄鶴山樵會阮圖

右黄鶴山樵《會阮圖》，未署姓名。卷後有前明文衡山、王禄之、陸叔平、謝樗仙、周公瑕、文休承、陸子傳、錢叔寶、王百穀九跋。竹癡道人於今夏得之，喜不自勝，評之曰：『聲希味淡，定爲真跡無疑。』頃復自婁東携至吴門見示。竹癡海内精鑒，且自能畫，余何間然。唯幸衰暮之年，得觀名跡，聊誌其歲月云爾。

高房山畫

余庚戌陽生之月，借居吴趨經訓堂，與畢竹癡評論古今書畫，并各出行篋中所携名跡相質。余携有高房山《仿米氏雲山軸》，竹癡愛之特甚。携歸齋中賞翫，至夜分弗輟，遂不肯見還。明日以陳所翁墨龍長卷并董書相易。余念海内鑒家，惟商丘陳望之及竹癡二人而已，望之每欲得余此畫，余弗與。然余自與望之交好卅年中，計得余所鑒定書畫已有百餘種，此軸歸竹癡，亦寶劍之贈烈士也。余愛根久斷，雖見法書名畫，猶染少分結習，而過輒不留，况物得其主，於余復何恪哉？仍復記之者，亦雪中之鴻跡也。

楊升菴畫蘭長卷

右楊升庵畫蘭卷子，長至四丈，疎密反側，朝烟晚露，皆能畢肖其形。昔人謂喜氣寫蘭，怒氣寫竹，此則喜怒哀樂之情，無所不備，亦奇觀也。薌泉侍御，深於詩者，顧獲此卷，不即自題咏，而先屬跋於余，殆欲余爲糠粃也耶？

試硯齋舊藏楊龍友爲無補居士畫蘭長卷，亦幾三丈餘，高僅六寸，後有吴梅村一絶云：『沅湘萎落痛當門，舊迹惟遺畫卷存。曾作國香猶彷彿，同心白首哭陳根。』先生題云：『畫蘭之法，無不具備，良爲希世之珍。』因附記之。

唐伯虎會琴畫卷

明四家畫，惟文衡山易得，石田較難，而唐與仇尤難，以贋鼎多也。然真者固難，真而精者則尤難。此《會琴小卷》，乃唐畫之精而益精者，余收此卷，勝他畫什伯矣。

沈石田畫松卷

石翁此卷，沉厚奇古，真能傳松之神。亦如杜工部畫松詩，沉厚奇古，真能傳松之神。余生晚尠見，微獨畢、韋真跡無從窺見，即梅沙彌畫松，竹癡或見之，余亦未經入目。今觀此卷，但覺其以山川雄杰之氣，收之霜柯鐵榦中，洵爲動心駭魄耳。石翁以山水擅名，其實蟲鳥、花草、人物，無一不臻極致，乃其筆端奇肆處，又於畫松寄之，賢者真不可測哉！卷尾書杜詩及自作詩，亦是經意之筆。竹癡愛賞，良不虚云。

沈石田爲吴匏庵畫東莊圖册

此石翁動心駭魄之作，薈萃唐宋元人菁華，而以搏象之全力赴之。香光題識，比之盧鴻乙草堂、李龍眠山莊，其歡喜讚嘆，真欲五體投地矣。李少卿篆書，直紹斯、冰絶軌，其質直處，覺鷗波尚遜一籌，西涯、衡山，無不遠在下風。噫，近世無通篆隸者，未易一二爲俗人道也〔一〕！此册舊爲吾郡培風閣張氏所收，不知何以流傳揚州。今復爲燿卿購取歸潤，豈非楚弓楚得乎？原本廿四幅，今存廿一幅，或以爲惜，不知修羽先生千方蹤跡已不可得，香光所見，亦僅此而已。古今至寶，照耀人間，即少留缺陷，亦何足憾哉〔二〕。

校勘記

〔一〕未易一二爲俗人道也：清宣統元年刻龐元濟《虚齋名畫録》卷十一作『未易一一爲俗人道也』。

〔二〕亦何足憾哉：《虚齋名畫録》作『亦復何憾哉』。後并有署款：『乾隆五十七年壬子春正月觀於蒼筤館，因記，放下齋居士王文治。』

陳白陽書畫卷

白陽書格，不在文、祝諸賢之下，其不甚著名，特以畫掩耳。近時南田草衣亦然。此卷折枝花寥寥數朵，而氣韻無窮，乃白陽畫中最上乘。所書《古詩十九首》，則又多多益善，可稱雙絶。頃爲汪儆齋七兄所得，余來邗上，出以見示，乃爲識之。

文衡山畫軸

明四家中，文畫最易得。贋者無論矣，真而不佳，亦無取也。此幅乃衡山致佳之筆，雖紙色稍黝，而沉厚古淡之韻，能兼宋元兩代之長。吾友花農，於書畫另具精鑒，宜其愛翫弗置也。

文氏諸賢書畫卷

長洲文氏一門，父子祖孫，俱善書畫，可謂盛矣。然余嘗謂休承之畫，壽承之書，皆過其父，以衡山書畫，尚未脱蹊徑，而休承兄弟，獨能掀翻窠臼故也。私持此論，未敢告人久矣。昨來江夏，與藥洲商榷古來法書名畫，所見亦與余同。藥洲海内精鑒，所見如此，則此論定矣。頃出其所藏文氏諸賢手跡見示，因識此語於後，以俟知言。

文端容卉草卷

文端容卉草，在明賢之外，另具一種風韻，一望而知爲閨秀之筆，然雖老畫師深於畫理者，不能到也。余女孫玳梁喜學之，僅得其一支半節而已。此卷精妙絶倫，令人不忍釋手。趙靈均題識亦甚佳，鷗波而後，僅見此雙美云。嘉慶三年戊午秋，館於吴門緑天對雨廬，暢觀法書名畫。中秋後偶作西湖之遊，廿八日歸過廬中，得觀此卷，因記。

陸包山群卉圖卷

按《弇州續集》稱，包山遊文、祝二先生之門，其於丹青之學，務出其胸中之奇，以與古人角，一時聲望，幾與文先生埒。竊謂文山之畫，工力甚深，同時從遊者多不能及。然文水、五峰，不獨有其家法，而超妙處時或過之，包山亦然。此卷寫四時卉草，絶不蹈襲元人蹊徑，真所謂出其胸中之奇，以與古人角者。在文氏門下，可謂别樹一幟。再三展玩，覺清越之氣，撲人眉宇，洵包山得意之筆也。

沈維時餞別圖卷

此圖不署畫家名氏，其筆意高古宕逸，較唐、沈諸名家，别具蹊徑。卷後有仇東之序、杜樫居詩。樫居工畫，然流傳者頗少。余嘗見其自寫像，像長徑尺，係立軸，而衣摺用筆與此卷同，意即樫居筆耶？觀其詩有『畫圖非重重詩名』之句，於畫有謙詞，益可徵信。要之此畫大是名筆，王嬙西施，不必詢名而後知其美也。

莫雲卿畫卷

宿雨初收，曉烟未泮，此八字真言，經董思翁抉出，遂爲畫家口口相傳之秘密藏矣。思翁以前，沈、文輩既力摹北苑，從未證此。乃雲卿此卷，已全入此中三昧，洵爲思翁之嚆矢也歟？横雲山人，精於畫理，其二跋皆落草之談。義門先生已不免作擔板漢，何况餘子？總之文敏之書，欲過宋人，文敏之畫，欲過元人，其勝處皆在氣韻。知此者可與觀莫公此卷。

袁契如畫像

右前明吴中袁契如先生畫像，同里李士達所繪。神情散朗，衣冠藴藉，其位置水石花樹，亦妥帖閑雅，與時俗蹊徑迴别。後有張伯起、王伯穀二贊，風味絶佳。余訪月渚，於柏庭方丈獲觀焉，月渚蓋其裔孫也。月渚已投志玄門，而於先世遺跡，寶護若此，深可嘉尚，爰記之。

吴竹嶼畫卷

雲間吴竹嶼所畫長卷。竹嶼畫筆，爲香光所重，如此長卷顧未之見。大凡古人經意之作，與率爾酬應者，迥不侔也。明之中葉，盛推吴中文、沈諸君。自香光出，而書畫之派皆在雲間，其士氣更非吴中諸家所及。然空疎者往往依托之，似此深遠之作，真難多得。

董香光書畫卷

香光書法，深得右軍旨趣，超軼宋元，不止爲明代書家第一而已，此語前輩多論及之。至於畫，則推崇之者，不過與沈、文諸君伯仲而止。殊不知沈、文諸公，不能高過元人，而香光直詣董、巨，其濬宕處於巨師尤深，又參以米家父子，及高尚書墨戲，烟雲變滅，使人神消意遠。以晋人波磔，運宋人皴染，大米而後，僅有香光，未可以時代論也。知歸居士，空諸所有，於法書名畫，時復一寄意焉。頃出此卷見示，洽讚嘆不已，爰誌數語於卷尾。

先生又題香光《仿迂翁錫山圖》云：『迂翁作畫，神情高簡，下筆如太阿剸截，宗伯摹仿亦如之。』

又

香光書畫，皆以韻勝。書之韻突過唐人，畫之韻突過宋人，其遜於唐宋者在此，其不爲唐宋所局者亦在此。余嘗謂香光書畫，不止爲有明一代之冠，彼以時代論書畫者，皆隔塵之論也。

又

華亭墨戲，直入米家父子之室。此幅精神迸出，墨濃如漆，筆勁如鋼，而氣韻宕逸，又能飛翔於絹素之外，尤佳製也。書法全仿唐人，有印泥畫沙之妙。余嘗謂董書直逼唐人，董畫直逼宋人，千載後必有信余言者。

董香光几上烟雲畫卷

此香光極意仿北苑作，卷首有焦弱侯題識。余得之於潘子蓮巢。余嘗與蓮巢評論歷代書畫，以爲前明諸名家，如唐、沈、文、祝輩，皆遠出宋元之下，直至香光書畫，俱有宋元不及處。噫，今無畫子，吾無以爲質矣。

董香光米家山畫卷

董文敏畫，嘗自謂得巨師淡宕處，然仿米山尤佳，蓋其作書，深入大米三昧，與大米有轉益多師之妙，故能得骨得髓。而畫筆復從元暉、房山以追蹤大米，殆非文、沈諸公所能望見也。此卷縮元暉之長江烟雨於尺幅中，而一種秀逸之韻，又直逼松雪，腕下之雲氣萬重，紙上之墨華五彩，奇哉未曾有也！吾嘗謂董公書與畫，皆前明第一家，觀此益信。

試硯齋舊藏香光所臨《小米雲山矮卷》，先生於嘉慶丙辰題云：『作米家雲烟墨戲，以北苑渾厚之氣出之，所謂菩薩應願爲梵天主也。』又庚申歲題云：『此池上書堂之物，不知因何流轉而至緑天對雨廬。二家皆賞鑒家也，昔米南官愛收古書畫，藏之既久，輒復與人相易。達者襟懷，固應如是。顧余獨留老眼，常常而見之。且皆在吾同處之二三良友處，豈非厚幸歟？』誼按，池上書堂，蔣丈春皋之齋牓也。

董香光仿諸名家山石皴法長卷

右香光《仿諸名家山石皴法長卷》，偶然興到，縱意所爲，卷末并無題識，但有印章。余諦觀之，静深沉秀，非香光不能爲也。古人有山癖，有石癖，性所篤好，須臾不可離。惟畫家能以神通妙力，頃刻移置几案間。藏斯卷者，無俟支公買山，米家袖石矣。

周公瑕蘭竹

凡收古人書畫，不在名重代遥，卷軸長廣，雖近時小名家，但是其得意之筆，便足以供賞玩。此非真鑒者不知，未可向聽聲者道也。

丁南羽吉雲居硯山圖

古人書畫，有經營慘淡而入妙者，有無意爲之而更入妙者。丁南羽寫仙佛像，精工入神，皆由經營慘淡而得之。此《研山圖》，香光稱其於混沌無竅處落筆，蓋以不經意得之。香光書亦復絶不經意，而雲行水流，極天真爛熳之趣。良由二公皆於友朋會合極快意時天機忽到，非可强爲也。

董跋云：『同丁南羽、陳仲醇、張仲文、莊平叔，舟行崑山道中，將至張慎其家，觀宋人畫《鍾離解甲受道圖》。寒雨霏霏，南羽發翰墨之興，仲醇授紙作此。』

丁南羽畫玉蘭

丁南羽善寫人物，尤工佛像，幾與宋龍眠居士相頡頏。乃其貌花卉，亦復微妙若此，殆深入毘盧海中色空三昧耶？余每恨三春時風雨最多，名花易隕，而玉蘭潔白太過，更難久住。得此畫，可以日對玉人矣。嘉慶戊午秋八月，館於緑天對雨廬，主人懸此畫於壁間，几净窗明，兼得古法書、古琴、古瓷以爲眷屬，俾七十老人，怳如置身春光豔冶中也。

袁叔明曉關舟擠卷

袁氏在前代吴中爲最盛，簪纓高隱，德行文學，無不備焉。至天啓、崇禎之間，叔明以善畫著，殆所謂一鱗片羽也。近時隨園先生，鵲起錢塘，宦遊江左，晚遂家焉。著作等身，聲華蓋世，較之前代吴中諸賢，尤爲烜赫矣。收有叔明《曉關舟擠圖》，携之行篋中。頃相晤於西湖寶石山莊，出以見示。先生收藏法書名畫甚多，輒隨手散去不復恪。以此卷爲袁氏之筆，特珍重之。至叔明之生平，及書畫之工妙，山舟前輩已詳言之，不復贅。

張君度山水卷

昔人謂收藏古法書名畫，有好事家，有鑒賞家。專收唐宋以來諸大名家筆墨，而沾沾焉考訂於譜録，較量於題識，其實贋鼎在前，茫乎不辨，此好事家往往如此。鑒賞家則不然，隨分收羅，時不必過古，人不必大名，惟其真耳，惟其精耳。閑窗一展，可以怡性，可以放懷，人間清曠之樂，蔑以加矣。然非實有諸己，則或昡於識而迷於情，甚矣鑒賞家之難也。張君度，吴之小名家也。此卷幽深奇險，密若無天，乃所謂真且精者。簡齋前輩，天才横逸，故天懷空闊，於此卷獨加愛賞，有以夫。

快雨堂題跋卷八

笪江上松石小卷

吾鄉笪江上先生，書法超軼，冠絶一時，於畫則餘事及之，非專門也，然隨意涉筆，輒有奇趣，塗澤家所弗能學步。此幅寫輞川詩意，自謂不覺入吴仲圭境内。蓋有心摹仿，往往失之，無心而入，乃真興到之作。且署曰無名子，尤笪公書畫所僅見者。想見一時賞會，純任天機也。

笪惲王三家合册

書畫家妙境，雖自天成，而山水、朋友所助不少。國朝笪江上之書，惲南田之畫，皆臻第一流。石谷每遇此二人，其畫格遂爾超妙；江上之畫，特書之緒餘，而一對惲、王，更入作家軌轍，此友朋之益也。是册三家迭相酬唱，皆極得意之筆。使三公再爲之，便不能到，何况餘子。洵人間之至寶也。庚戌小春客吴中，獲觀於陔蘭詩屋，因記。

王石谷畫册

石谷畫，中年最佳，少年作次之，晚作又次之。此其少年之作，刻意摹古，而漸近自然者也。隨園前輩收此册久矣，壬子閏夏，相晤西湖寶石山莊屬題。

又

此册十幅，摹仿古人，各盡其妙，爲石谷極得意筆。南田作詩稱美，不遺餘力，惟惺乃識惺惺也。惜題識尚缺四幅，不揣固陋，爲足成之。

吾家太常畫品，爲國朝第一，聞石谷筆法，乃其所教。今觀其獎借之深，一至於此，所謂假其羽翮，使之高飛，前輩愛才之專，用心之厚，爲不可及也。

惲南田臨唐六如梅花水仙

唐解元得筆於二李，勁險之中，别具秀骨。南田草衣作畫，愛仿唐法。然得其秀潤處多，得其險勁處絶少。此幅用筆最爲險勁，乍閲之，幾不信其爲南田作，乃真南田經意之作也。

又題南田《天香書屋圖》後云：『南田天資秀潤，自然絶去俗氛。國朝自婁水三王而外，石谷尚出其下，餘子無論矣。』

惲南田山水小卷

此卷但有南田印記，而未經署名，然一望而知爲南田之筆，且爲南田極得意之筆也。近時收藏家，有真鑒者甚少，以余曾過眼，輒欲得之。余又貧乏，不能收藏，因隨手散去。此幅獨無款識題跋，得久留。暇日乃取而評跋之。然竊恐評跋後，又爲他人物矣。噫！烟雲過眼，何事不然，誰復沾沾於書畫之去留哉？

王麓臺畫

麓臺先生，以子久爲本師，而旁涉王、倪，上追董、巨，故其摹董、巨處，皆其似子久處。此所謂取法乎上，僅得乎中也。後之學畫者，復假道於先生以達倪、黄，以追董、巨，則太史公所謂法後王矣。去歲遊長沙，觀先生之曾孫蓬心作畫者十數日，因悟先生家法。兹純齋觀察以所收先生之畫屬題，遂舉此語相質。

又

麓臺先生畫法，爲本朝第一。此册尤其興到之作，畫禪中無上品矣。彙南宋之衆美，得造物之化機，静對移晷，塵慮悉捐，宜岑渚主人寶愛之至也。

錢茶山畫軸

茶山司寇，詩祖青蓮，書宗玉局，其畫筆亦復高妙，在大癡山人、梅華庵主之間。賜謚文敏，蓋與華亭董、張二公，相爲輝映也。淮墅先生所弆山水小軸，耐圃相國、檜門宗伯、東麓司寇，俱有題識，中朝文翰之盛，略見一斑。而諸公於文治皆有師友淵源，頃於上海官署獲觀，感舊之情，不禁棖觸云。

漸江小卷

僧漸江，徽州休寧人，以畫名。此卷高五寸，長一丈二寸，林木疎遠，全仿倪迂。世傳倪畫，以爲枯木竹石而已，乃余生平所見倪畫之真者，僅得兩幅，皆千巖萬壑，且用荆、關法居多，下筆如印泥畫沙，與世人意中所謂倪畫者全不似也。此幅特以疎淡勝，然長至丈餘，氣魄正復不小。漸門居士，收藏甚富，且精鑒，其收此卷，如歐陽公之偶思蜃蛤耳。

石濤畫册

清湘畫，不必深入古人格轍，一種淋漓生動之氣，殊非餘子所及。此册爲試硯齋所藏，奇險中兼饒秀潤，可寶也。

清湘最善摹擬古人詩意。余舊藏『太白詩意小册』，有『秋色無遠近，出門盡寒山』，及『一溪初入千花明，萬壑度盡松風聲』諸圖，皆極形容，造入微妙，久爲愛者取去。覩此册，復記憶之。

查儉堂畫梅册

山如東郭先生里，屋似西湖處士家。爲問軒中清白吏，還須比雪比梅花。花中之清且白者，無過於梅。儉堂中丞寫此數幅，以貽其嗣君篆仙觀察，蓋勉其爲清白吏子孫，圖繪之工，特餘事也。觀察以縣令起家，今至監司，廉敏慈惠，而潤以文章，真不愧先人清白之訓。治忝爲觀察部民，獲觀此册，謹綴數語於後。

朱涵齋指畫洛神

涵齋先生指畫洛神，余所藏弆也。子頴都轉兩淮時，尋訪先人遺澤，余因舉以相贈，閲今幾廿載矣。復於白泉觀察處見之，裝池完整，重若璆琳。翰墨家風，流傳三世，豈非藝林盛事歟？余曾獲見顧虎頭《洛神》真跡，幅不盈尺，而六龍齊首，水禽爲衛，皆入畫中，至其烟水微茫，則與此略相似。想公此畫，亦有所禀承耶？然彼以筆，此以指。虎頭妙畫通靈，豈料千載後，後人出奇無窮，乃更若此？《洛神賦》小字，復深得子敬之神，與鴻堂所刻《女史箴》又復相似，洵人間雙絶云。

朱涵齋畫虎

涵齋先生，以工詩善畫，供奉内廷。嘗記子潁都轉告予云：『先生兒嬉時，右手中指爲積炭所壓，創甚。比愈，而指有肉尖突出，故指畫特工，而纖細處與筆同，尤有筆所不能到處。嘗侍聖祖側，從容奏及此事，聖祖曰：「此天賜汝筆也。」』此幅飛騰雄傑，多用潑墨，與《洛神》如出兩手。蓋大之則縱横萬丈，細之則剖析毫芒，而皆以指爲之，技進於道，覺毛錐爲無用矣。白泉觀察屬予題識，余爲紀其逸事如此。

家蓬心畫

太倉舊稱『三王』，今得蓬心而四矣。廉州、司農，各擅其長，若論逸品，自以太常爲冠。蓬心晚年之作，又有出於太常蹊徑之外者。此軸深得北苑《瀟湘圖》勝韻，而佐以倪、黄，固當平視太常，而令廉州、司農畏後生也。

又

鷗波畫境，清遠如仙，非胸無一點塵者，不能仿之。蓬心參用董北苑、燕文貴，故能氣韻相埒。

北苑爲畫中星鳳，近時染翰之家，誰見真跡？己酉歲，蓬心與余在長沙節署中，靈巖尚書出《瀟湘圖》，令其日夕臨仿，遂爾胎息相承。此幅尤其經意之作，蓋静枰中丞，鑒賞至深，士固樂爲知己用也。

麓臺司農從黄大癡得筆，每仿大癡，無不形神俱肖。今蓬心仿大癡亦絶肖，然無一筆似司農者。東坡云：『作詩必此詩，定知非詩人。』二祖得初祖之髓，亦應作如是觀也。

蓬心臨古畫八幅，餉静枰中丞。中丞問余曰：『八幅中何者最佳？』余應曰：『皆佳。』中丞曰：『其中豈無尤佳者？』余以此幅對。中丞曰：『適靈巖尚書亦云然。』文章有價，信哉。蓬心畫，乍觀若人所能爲，愈觀而妙處愈出。畫家士氣，全在於此。

又

修堂觀察，於癸丑春正月，督運北上，同人皆以詩贈行。家蓬心爲之圖，且繫以詩。余惟古人於友朋聚散之際，每難忘情，故或寄於詩，或寄於畫。然詩則名人集中，往往有之，畫之佳者，輒不多得。昌黎送楊少尹，謂今世無善畫者，亦以名畫之難也。觀察以王事遄行，正符古詩人『皇華』『靡及』之旨，宜同人多佳什。然必得蓬心之名畫，互相輝映，則觀察此行，榮於楊少尹多矣。余既用蓬心韻爲詩，復贅數語於後，亦見名畫之難得，更勝於詩也。

朱子潁畫

《楞伽經》云：『如人學書畫伎樂，漸成非頓。』因知書畫雖小道，斷無不從漸入手者。子潁都轉天才超逸，於繪事不學而能。乃見學海所藏渠十五年前之畫，以爲不可存而易之。則知十五年中，子潁漸進之功深矣。或曰：『子潁十五年中，陞沉宦海，憂樂之撓其天者，不一而足，何能專力於畫？』余應之曰：『正是子潁學畫處。』此意索解甚難，亦須子潁對面，乃得證明耳。

蘭亭圖跋

蘭亭之遊，古人勝事也。《蘭亭》之叙，古今聖書也。唐宋以還，善書者多臨《蘭亭》，善畫者亦喜畫蘭亭。然書與畫，往往不能合璧，好事者惜之。文待詔有《蘭亭圖》，山水幽深，人物工妙，乃其用意之作。獨怪待詔工書，而傅色之後，恡於揮毫。玆蓮巢取而摹之，參用董法，幾有出藍之奇。余復戲臨褚本《蘭亭》於尾以足之。以畫法言，則文當畏董，以書法言，則褚可助歐。一時寄興之作，聊以博鑒古家哂之云爾。

潘蓮巢臨趙子昂中峰禪師像

趙文敏寫《中峰禪師像》真跡，余曾與潘蓮巢共觀〔一〕。蓮巢戲臨一本，竟可亂真。余因爲臨趙贊其上，皆不自署名。笑謂蓮巢曰：『聊作狡獪伎倆，以俟後之善鑒者。』蓮巢又臨一二本，其贊皆蓮巢自書，印章亦蓮巢所摹。流轉而至京師，翁覃溪先生果以爲真跡而題識之，後又歸高明禪寺。頃如長老邀余住寺中之篔簹清夢齋，出以相示。予遂代蓮巢發露欺誑之過，并自爲發露云。〔二〕

校勘記

〔一〕余曾與潘蓮巢共觀：清光緒吴興陸氏家塾刻陸心源《穰梨館過眼續録·卷二》作『余嘗與潘君蓮巢共觀』。

〔二〕《穰梨館過眼續録》後還有署款：時嘉慶辛酉清明後二日七十二叟王文治。

潘蓮巢臨丁南羽十六應真像

畫家以畫聖賢仙佛像爲最上品。而佛像中，惟應真像變化百出，工者尤難。前明丁南羽，高古精密，幾欲合唐之貫休、宋之李伯時、元之趙子昂以爲一手。蓋南羽深於竺典，且於梵僧情狀，刻畫極工。自鄭千里而後，雖得南羽形似者，亦已罕矣。吾友蓮巢，少通畫理，繼又深通禪悦，曾發願寫佛菩薩像數百軸。昔予在上海，獲南羽此册，喜其工絶，遂貽蓮巢。今蓮巢獨出匠心，聯爲長卷，幾有出藍之妙，宜夢僧居士愛之入骨髓也。

蓮巢臨玉女潭圖

前明畫家，吴中最盛，每喜寫吴中佳山水，筆之所至，與游屐同。此陸包山《玉女潭圖》真跡，爲蓮巢所收。蓮巢臨之數過，幾於亂真。此幅不知何以流轉至竹坪所。竹坪天資超逸，於畫理尤精，其與蓮巢同聲相思久矣。余題此畫，殆豫爲二君結將來翰墨緣也。

張曉村畫

曉村名琪，又號晚晴，予同里人。詩思畫格，俱造逸品。嘗有『青山愛布衣』之句，予劇賞之，因丐余篆於石。今其事十幾年矣，伏處菰蘆以終其身，姓名不出於里閈，隱淪之士，類如是夫。沈樞部華屏，於廟市中得此册，以爲古人，訪於予，爲道其始末。惜其晚作尤超絶，不獲賞於好事家也。

蓬心臨北苑瀟湘圖長卷

己酉冬，余與蓬心於秋帆尚書長沙行署中，同觀北苑《瀟湘圖》真跡。以目前所歷之境，持較此圖，毫髮不爽，是時蓬心年七十矣。蓬心之畫，妙傳家學，雄視海内者五十餘年。迨遷守永州以來，湘烟衡雨，出没毫端，千奇萬變，莫可蹤跡。乃自觀此畫，而畫格益進，皴染之法，幾可亂北苑之真。甚哉學問之事，靡有窮盡，而親參大善知識爲尤要也。尚書於名畫雖愛入骨髓，而雲烟過眼，任其往來，殆寓意而不留意者。矧此畫爲古今至寶，豈能常在人間？彼時已竊慮其難以數見，越二年，果歸天府。癸丑歲，余再至武昌，尚書以宣德紙見惠，因求蓬心追摹之。時蓬心已臨摹數本，筆端融化，落紙輒肖，見此卷如見真跡焉。原本有董華亭、王孟津跋，余爲録於卷尾。

附録董王跋北苑瀟湘圖

余以丙申持節吉藩，行瀟湘道中。越明年，得此北苑《瀟湘圖》，乃爲重遊湘江矣。今年復以校士湖南，秋日乘風，積雨初霽，因出此圖，印以真境，因知古人名不虚得。予爲三遊瀟湘矣，忽已是十年事，良可興感。萬曆乙巳九月前一日，書於湘江舟中，董其昌。

舟行，諸巖欲動，雲吞雨吐，時霡霂微下，未審有潨之聲，在巖石歟，在絹素歟？爲石寓袁親家。親家收藏如此至寶，葵丘城墮家失，有此數幀，不宜鬱宜快也！王鐸。

汪心農墨蘭册

余嘗見元人《雪窗蘭卷》，筆法妍雅，意趣簡淡，無纖毫塵俗氣，而幽姿秀色，輒流露卷素間。今心農居士此册，神韻不減前人，自題數詩，亦深得楚騷風致，洵稱雙絶。

汪竹坪卉草册

竹坪山水，於香光一派，已升堂奥，而寫生亦臻神品。時值歲暮，日過從試硯齋，心農主人屬竹坪作卉草十六幀。賦色明豔，巧奪化工。萬卉凋零之際，忽然紅紫芳菲，亦奇觀也。

族叔竹坪，館於吴門試硯齋，師事先生最久。誼按《墨香居畫識》云：『汪恭，字恭壽，號竹坪，與心農同里。心農嘗携居别墅，討論文史。行楷書仿山舟、夢樓兩家，筆法可稱酷肖。山水雖泛濫各家，而於文氏一派，尤爲心契。高者追蹤太史，次亦得與文水、五峰并肩肘也。旁及人物、花卉、翎毛，無一不佳。兼妙解音律。』又頤道居士《畫林新咏》詩云：『金粟維摩證畫禪，香光墨妙識飛仙。天童游戲神通在，絶似當年陳老蓮。』

駱佩香卉草小卷

此佩香仿文端容之作。端容卉草，其源亦出自元人，而一種幽閒静穆之致，有元人所不及處。蓋閨中之畫，别具氣韻，乃隨先天所稟賦，自然流露在筆墨蹊徑之外者，惟閨秀中人仿之，方是一家眷屬。觀世音菩薩所以現女人身而説法歟。

吾家女孫玳梁，卉草頗學端容，佩香弟子亦學端容，偶到佳處，皆可亂真。然孰爲佩香，孰爲玳梁，一入吾目，即能辨之。或曰：『既云亂真，且與端容無辨，况二人之畫，又復自爲分别乎？』余應之曰：『亂真是真語實語，能辨亦是真語實語，汝自不知耳。』時有知禪者在旁，即應聲曰：『長的長法身，短的短法身。』

楚頌亭跋

秋帆尚書所收東坡《種橘帖》真跡，蒼勁古厚，發於天然。中有陽羨在洞庭上，欲買園種橘，取屈原《橘頌》意，作楚頌亭之語。今尚書靈巖之園，尤近洞庭，種橘更易。而尚書方節制楚疆，輿人之誦，洋溢於瀟湘雲夢間。治因仿坡書顔其亭於靈巖山館，一以紹坡公未竟之志，一以酬楚人頌禱之懷。千秋藝苑，庶幾增一美聞歟。

分雲書屋跋

南山草堂，章雲李先生故宅也。今同年友穆堂給諫居之，其猶子山之於宋玉歟？令子小堂，擴書屋於其旁，乃舊居之分而復合者。余以『分雲』顔之，殆又子山之紹肩吾矣。

凌江閣跋

江山之勝，自巴陵、江夏而外，莫如吾潤。兹閣枕山面江，構基雖小，而騁懷特曠，亦潤之勝也。閣故爲真州吴丈蕁野所葺，顔曰『凌江』。歲久榜壞，景和道友乞余補書，殆不欲使勝地無傳焉。余嘉其志，不可以辭。

夢樓跋

余少時欲爲樓於夢溪之上，故自號夢樓，然實無所謂樓也。朋之自遠來者，每欲登余樓，且徵余夢，余無以應。殆文徵仲所云卷軸上起樓臺者乎？今行年五十九歲，始成此樓，朝夕宴坐其中。自今以後，可以大作夢中佛事矣。

緑天對雨廬跋

風雨對床，古人不易得之事。今心農居士與令弟十庾同館於兹，蕉窗凉雨，共話素心，信旅寄之佳懷，而天倫之樂事也。此榜題於乾隆庚戌之秋，今居士重葺斯廬，復補書之，蓋嘉慶元年丙辰春二月云。

涵星硯銘

聲愔愔，鼓石琴。色黝黝，涵星斗。力書田，大有年。

汪承誼識語

夢樓先生以乾隆庚戌與先君子定交，其後往來吴門，寓緑天對雨盧最久。所存手稿二十册，大約晚年著述皆在焉。先生《快雨堂詩》早經刊布，而書名冠當代，鑒賞之識卓絶一時，收藏家得其片言，輒爲增色。本朝顧亭林、朱竹垞、王虚舟、錢竹汀、翁覃溪、王蘭泉諸名輩，精於考覈，各有成書，與歐、趙、董、洪抗衡千古。張得天司寇著《天瓶齋題跋》，獨紹容臺一脉，羌無故實，妙諦時拈。先生寔克繼之，抒寫性靈，兼及交遊雅故，情文所致，穆如清風，真藝林所快覩者。稿本涂乙過甚，字形往往不可識别，竊就他卷幀中手跡比較，釐爲八卷，付諸剞氏。其序、記、志、銘諸製，凡百餘首，則更俟異日繕成全集，庶先執之志，藉以稍慰焉。道光辛卯春，後學汪承誼謹識。

論書絶句三十首

一

焦山鼎腹字如蠶，石鼓遺文筆落酣。魏晋總教傳楷法，中鋒先向此中參。

二

當塗四表重元常，典午名流盡瓣香。憑他野鶩家家愛，卄雪私心賞世將。

三

醉本蘭亭付辨才，一篇繭紙萬瓊瑰。菁華已向昭陵閟，宗派還從定武開。

四

東屏不屑獨孤賢，閲世飄零總莫傳。怪底虹光生潁上，石函重見永和年。

五

一十三行珠琲列，官奴風韻不猶人。何當銀燭圍紅袖，半格烏絲寫洛神。

六

小字黄庭内景經，大書瘞鶴上皇銘。相傳并是神仙跡，揮灑都成鸞鳳形。

七

書家品韻辨聲徵，鍾褚誰憑定是非。却憶味經堂上坐，小窗風雨看靈飛。

八

娬媚寧徒魏鄭公，河南腕底亦驚鴻。子山枯樹文皇册，顛米平生學不窮。

九

貌寢工書有率更，高麗貢使盡知名。幾人眼見元□贊，陝刻空勞搨九成。

十

狂素顛張艸藁工，秉胎漢晋自稱雄。豈知有宋諸名輩，祧却羲之祖魯公。

十一

墨池筆冢任紛紛，參透書禪未易論。細取孫公書譜讀，方知渠是過來人。

十二

唐代何人紹晋風，括州象比右軍龍。雲麾墓道殘碑在，萬本臨摹意未慵。

十三

岣嶁山惟留艸樹，延陵碑已失龍鸞。浯溪萬丈磨厓頌，合作商彝夏敦看。

十四

曾聞碧海掣鯨魚，神力蒼茫運太虚。間氣古今三鼎足，杜詩韓筆與顔書。

十五

雖然筆諫足千秋，争坐天尊未許儔。若把誠懸方魯國，也如子厚擬蘇州。

十六

韭花一帖重璆琳，千古華亭最賞音。想見晝眠人乍起，麥光鋪案寫秋陰。

十七

君謨落筆帶春韶，玉潤蘭馨意欲銷。心畫心聲原不假，黨人争及萬安橋。

十八

坡翁奇氣本超倫，揮灑縱横欲絶塵。直到晚年師北海，更於平淡見天真。

十九

學士蘇門沾溉多，出藍生水究難過。便將書品衡詩品，畢竟西江遜大峩。

二十

鴛鴦繡出任君評，得力終身只自明。小楷蠅頭空一代，誰知從幼學顏行。

二十一

天姿凌轢未須誇，集古終能自立家。一掃二王非妄語，衹應釀蜜不留花。

二十二

不徒素練畫秋鷹，筆態冲融似永興。善鑒工書俱第一，宣和天子太多能。

二十三

狂怪餘風待一砭，子昂標格故矜嚴。憑君啖盡紅蕉蜜，無奈中邊衹有甜。

二十四

何關燕瘦與環肥，窠臼纔成意已違。承旨風流猶有憾，揭虞應等檜無譏。

二十五

沈家兄弟直詞垣，簪筆俱承不次恩。端雅正宜書制誥，至今館閣有專門。

二十六

吴下風華代有傳，一時文祝更翩翩。饒渠學盡鍾王格，不離聲聞小乘禪。

二十七

書家神品董華亭，楮墨空玄透性靈。除却平原俱避席，同時何必説張邢。

二十八

衣冠楚相貌中郎，絳汝虚勞搨二王。留得先賢神韻在，前惟寶晋後鴻堂。

二十九

賜謚都仍文敏名，吾朝司寇繼元明。縱然平淡輸宗伯，多恐吴興畏後生。

三十

静海書名擅北方，清華三世接芸香。蹇驢襆被長安道，猶憶親曾見老蒼。

王文治傳記資料

清史稿王文治傳

王文治，字禹卿，江蘇丹徒人。生有夙慧，十二歲能詩，即工書。長游京師，從翰林院侍讀全魁使琉球，文字播於海外。乾隆二十五年，成一甲三名進士，授翰林院編修。逾三年，大考第一，擢侍讀。出爲雲南臨安知府，因事鐫級，乞病歸。後當復官，厭吏事，遂不出。往來吴、越間，主講杭州、鎮江書院。高宗南巡，至錢塘僧寺，見文治書碑，大賞愛之。內廷有以告，招之出者，亦不應。喜聲伎，行輒以歌伶一部自隨，辨論音律，窮極幽渺。客至張樂，窮朝暮不倦。海内求書者，多有餽遺，率費於聲伎。然客散，默然禪定，夜坐，脇未嘗至席。持佛戒，自言吾詩與書皆禪理也。卒，年七十三。所著《詩集》外有《快雨堂題跋》，略見論書之旨。文治書名并時與劉墉相埒，人稱之曰『濃墨宰相，淡墨探花』。與姚鼐交最深，論最契。當時書名，鼐不及文治之遠播；後包世臣極推鼐書，與劉墉并列上品，名轉出文治上。

（《清史稿》卷五〇三，中華書局整理本，一九七七年）

清史列傳王文治傳

王文治，字禹卿，江蘇丹徒人。乾隆二十五年一甲三名進士，授翰林院編修。二十七年，充順天鄉試同考官。二十八年，充會試同考官。大考一等第一名，擢侍讀。旋出爲雲南臨安府知府，以事免歸。文治天才豪縱，眉宇軒舉，少有國士之稱。爲文尚瑰麗，至老歸於平淡。詩雄傑宏亮，不愧唐音。時袁枚壯年引退，以詩鳴江浙間。文治繼其後，聲華相上下。書法尤秀逸，得董其昌神髓，梁同書自謂不如也。高宗南巡，覽文治所書錢塘寺碑，大賞愛之。嘗渡海之琉球，琉球人傳寶其翰墨。兼精音律，歸後買僮教之度曲，行無遠近，必以自隨。或諫之，不聽。然客去樂散，默然禪定。嘗自言其詩及書，皆有禪理。嘉慶七年，卒，年七十三。著有《夢樓詩集》。

（《清史列傳》卷七十二《梁同書傳》附傳，中華書局整理本，一九八七年）

中憲大夫雲南臨安府知府丹徒王君墓誌銘并序

姚鼐

君諱文治，字禹卿，丹徒人。自少以文章、書法稱於天下，中乾隆二十五年一甲三名進士，授編修。爲壬午科順天鄉試同考官、癸未科會試同考官。其年御試翰林第一，擢侍讀，署日講官，旋命爲雲南臨安府知府，數年以屬吏事鐫級去任。其後當復職矣，而君厭吏事，遂不復就官。高宗南巡，至錢塘僧寺，見君書碑，大賞愛之。内廷臣有告君、招之出者，君亦不應。

君之歸也，買僮教之度曲，行無遠近，必以歌伶一部自隨。其辨論音樂，窮極幽渺。客至君家，張樂共聽，窮朝暮不倦。海内求君書者，歲有餽遺，率費於聲伎，人或諫之，不聽，其自喜顧彌甚也。然至客去樂散，默然禪定，夜坐，脇未嘗至席。持佛戒，日食蔬果而已。如是數十年，其用意不易測如此。

君少嘗渡海之琉球，琉球人傳寶其翰墨。爲文尚瑰麗，至老歸於平淡。其詩與書，尤能盡古今之變，而自成體。君嘗自言：『吾詩、字皆禪理也。』余與君相知既久，嘉慶三年秋過丹徒訪君。君邀之涉江，風雨中登焦山東昇閣，臨望滄海，邈然言蟬蛻萬物無生之理，自是不復見君。今君來訃，以嘉慶七年四月二十六日趺坐室中逝矣。妻女子孫來訣，不爲動容；問身後事，不答。然則君殆莊生所謂遊方之外與造物爲人者耶！著作文藝雖工妙，特君寄迹而已，况其於伎樂遊戲之事乎！

君年七十三。夫人黄氏。生子槐慶。女四，婿曰溧陽狄□、丹徒陳□、商丘陳杲、長洲宋懋祁。孫男六。將葬君□□，鼐爲之銘以代送窆。鼐爲《王氏秀山阡表》，具君世矣，故不復述。銘曰：

茫乎其來何從乎？芴乎其往何終乎？嗟吾禹卿乎！生而燕樂，與世同乎！名表於翰墨之叢乎！骨蛻於黄壤之宫乎！翛乎寥乎！憑日月之光而遊天地之鴻蒙乎！

（姚鼐撰、劉季高點校《惜抱軒詩文集》後集卷七，上海古籍出版社，一九九二年）

王文治傳

萬廷蘭

王文治，字禹卿，號夢樓，丹徒人。生有夙慧，十二歲能詩文，多奇句。作字法晋人，頗得風格。小試必冠儕偶。乾隆癸酉拔貢，廷試入都，與諸名士唱和無虚日，公卿皆延禮之。入册封琉球使幕，浮海，颶風破舟，作《海天遊集》。己卯舉京兆試，庚辰殿試第三人成進士，授編修。癸未大考第一，擢侍讀，充國史館纂修。壬午順天鄉試同考官，外擢雲南臨安府知府。王師征緬，督運糧餉，受烟瘴，引疾歸。值聖朝造士，天下書院，地方大吏延請文行兼優充院長，文治應聘主杭州敷文書院，一時名宿盡出其門。既而薄遊陝洛，所至悉以名師尊禮之。又至性過人，弟宦楚，視之者再，友愛如孩提時，見之者無不感服。嘘植寒畯，必得其所而後已。晚年悟道，發揮微妙，旁及禪悦。年七十有三，端坐而卒。蓋其神智矩範不磨不昧，雖易簀而無疾病也。生殁具行述中，不贅。余獨記其文章學問涵養之功，至耄而不倦，是不朽之謂也。故傳之。舊史氏曰：余來丹徒，閲縣舊志，方謂其百餘年不修，恐多散佚。其後見同年蔣春農續修之稿，知春農既殁，夢樓成之，無避忌之嫌，無罣漏之玷，此《丹徒志》之金聲玉振也，謂非大賢之徒歟？

（清貴中孚、萬承紀修，蔣宗海等纂《嘉慶丹徒縣志·四君傳》，嘉慶年間刊本）

王文治傳

王文治，字禹卿，號夢樓。生有夙慧，十二歲能詩，生平吟咏之工，入唐人之室，與分席而處。書法則如米元章、董香光，嗣統二王，天下士共推無異論者。乾隆癸酉拔貢，廷試入都，與諸名士唱和無虚日，公卿皆延禮之。翰林侍讀全魁册封琉球，邀同渡海。颶風破舟，遇救不死，作《海天遊集》。己卯舉順天鄉試，庚辰會試，中式殿試一甲第三人成進士，授編修。癸未大考第一，擢侍讀，充國史館纂修。壬午順天鄉試同考官，癸未會試同考官。出爲臨安府知府。王師征緬，督運糧餉，受烟瘴，引疾歸。主講浙江敷文書院，一時名宿盡出其門。既而薄遊陝洛，所至悉以名師尊禮之。又至性過人，弟宧楚，視之者再，友愛如孩提時，見之者無不感服。噓植寒畯，必得其所而後已。晚年悟道，發揮微妙，旁及禪悦。年七十有三，端坐而卒。蔣宗海續修志稿未成而歿，文治續成之。里紳同纂事者，茅元銘、張明謙、張崟、張廷咏、孫焯、魯銓、胡培、馮錫宸、劉植、韓璟、韓芬、鮑文逵、郭恒也。同校閲者，蕭文瑛、王澐、楊哲人、張秉鈞、何菁、蔣穮、陳星、嚴士榜、張深、鄒錫純也。文治晚年雅嗜聲曲，與吴門葉廣明有同好，葉訂《納書楹曲譜》，文治爲之詳審音節，點定後盛行海内。著《夢樓詩集》二十四卷，及制藝、文賦，皆膾炙人口。又著有《快雪時晴法帖》。道光中纂修國史，館臣奏請編入『文苑』。

（清何紹章、冯壽鏡修，吕耀斗等纂《光緒丹徒縣志》卷三十三，光緒年間刊本）

王文治事略

李元度

同時王先生文治，字禹卿，號夢樓，江蘇丹徒人。自少以文章書法稱天下。全侍講魁、周编修煌，嘗奉使琉球，邀與俱往。琉球人傳寶其翰墨。歸，舉乾隆三十五年進士，以一甲第三人授編修。壬午，分校順天試。癸未，分校會試。其年，御試翰詹第一，擢侍讀，充日講官。旋出爲臨安知府。數年，以屬吏事鐫級去任。其後當復職矣，而先生厭吏事，遂不復就官。時袁簡齋壯年引退，以詩鳴江浙間。先生應之，聲華與相上下。高宗南巡，幸錢塘僧寺，見先生所書碑，大賞愛之。内廷臣有告之先生，招使出者，亦不應。自滇歸，買僮教之度曲。行無遠近，必以歌伶一部自隨。其辨論音律，窮極要眇。客至，張樂共聽，窮朝暮不倦。海内求書者，歲有餽遺，率費於聲伎。人或諫之，不聽，其自喜顧彌甚也。然至客去樂散，默然禪定，夜坐，脅未嘗至席。持佛戒，日食蔬果而已。如是數十年，其用意不易測如此。爲文尚瑰麗，至老一歸平淡。其詩與書，尤能盡古今之變，而自成體。

嘗自言：『吾詩與字，皆禪理也。』嘉慶七年四月，趺坐室中逝。妻女子孫來訣，不爲動容，問身後事，不答。所著曰《夢樓詩集》。

（李元度《國朝先正事略》卷四二《袁簡齋先生事略》附，清同治年間刻本）

索　引

凡　例

一、索引以本書正文爲範圍，含人名和作品名兩類，編排時不作區分，統以筆畫排序。

二、人名一般以姓名爲主索引項，字號、行輩、職官、郡望等稱呼，以括注的形式標於主索引項後。

三、知名人物，以通行字號爲主索引項。如“文徵明”爲主條目，“徵仲”“衡山”等字號屬括注。

四、先秦人物、典故人物，不作索引。

一至三畫

四畫

五畫

六畫

七畫

八畫

九畫

十畫

十一畫

十二畫

十三畫

十四畫

十五畫

十六畫

十七畫

十八畫

十九畫

二十畫及以上

圖書在版編目（CIP）數據

頻羅庵題跋／（清）梁同書撰；李松朋點校．快雨堂題跋／（清）王文治撰；李松朋點校．－－上海：上海書畫出版社，2020
（中國書畫基本叢書）
ISBN 978-7-5479-2273-6

Ⅰ．①頻… ②快… Ⅱ．①梁… ②王… ③李… Ⅲ．①題跋－作品集－中國－清代 Ⅳ．①I264.9

中國版本圖書館CIP數據核字(2020)第097100號

頻羅庵題跋　快雨堂題跋

〔清〕梁同書　王文治　撰　李松朋　點校

責任編輯	雍　琦
審　　讀	田松青　李保民
整體設計	王　峥
技術編輯	顧　傑
出 品 人	王立翔
出版發行	上海世紀出版集團 上海書畫出版社
地　　址	上海市延安西路593號　200050
網　　址	www.ewen.co www.shshuhua.com
電　　郵	shcpph@163.com
印　　刷	上海中華商務聯合印刷有限公司
經　　銷	各地新華書店
開　　本	720×1000mm　1/16
印　　張	19.5
字　　數	179千字
版　　次	2020年6月第1版 2020年6月第1次印刷

書　　號　ISBN 978-7-5479-2273-6
定　　價　100.00圓